Max Power trifft gerne Entscheidungen. Die Entscheidung, der beste Pokémon-Trainer der Welt zu werden, hat er schon getroffen, als er das erste Mal seinen Namen gehört hat. Kompromisslos verfolgt er seitdem sein Ziel. Jedes neue Pokémon ist für ihn genauso wichtig, wie das vorherige. Vielleicht sogar noch ein bisschen wichtiger. Nach einer anstrengenden Pokémon-Jagd teilt Max Power sein Wissen über die Pokémon am liebsten bei asiatischem Essen.

Weitere Informationen zum Kinder- und Jugendbuchprogramm der S. Fischer Verlage finden sich auf *www.blubberfisch.de* und *www.fischerverlage.de*.

MAX POWER

Pokémon Go-Facts

von Abra bis Zapdos

Alles, was
Pokémon-Trainer
wissen müssen

FISCHER Taschenbuch

MIX
Papier aus verantwortungsvollen Quellen
FSC® C014496
www.fsc.org

Originalausgabe
Erschienen bei FISCHER Kinder- und Jugendtaschenbuch
Frankfurt am Main, Dezember 2016

Umschlaggestaltung: bürosüd, München
Satz: Dörlemann Satz, Lemförde
Druck und Bindung: GGP Media GmbH, Pößneck
Printed in Germany
ISBN 978-3-7335-0379-6

HALLO!

Schön, dass du dich auf die Suche nach Pokémon begibst und der beste Pokémon-Trainer der Welt werden möchtest. Von deinem ersten Pokémon bis zum höchsten Level ist es ein weiter Weg. Dieser Guide soll dir dabei helfen, von Anfang an alles richtig zu machen. Von Tipps für dein erstes Pokémon bis zu ausgefeilten Tricks, um schneller zu leveln, findest du hier alles, was du brauchst. Im hinteren Teil gibt es alle wichtigen Informationen noch mal auf einen Blick. Und jetzt ab auf die Jagd – schnapp sie dir alle!

FACT 001

Wo bin ich?

Beim ersten Start von Pokémon Go lädt Professor Willow dich ein, ihm bei der Erforschung der Welt der Pokémon zu helfen. Um das zu tun, musst du dir einen Trainernamen zulegen und dein Trainer-Avatar gestalten. Achtung! Deinen Namen kannst du später nur noch einmal ändern, also überleg ihn dir gut. Deinen Avatar kannst du dagegen jederzeit und beliebig oft neu gestalten – neue Klamotten gibt es in Pokémon Go kostenlos. Mit einigen Pokébällen von Professor Willow beginnst du dein Abenteuer. Du siehst deinen Avatar auf einer Karte stehen. Diese Karte ist ein Abbild deiner echten Umgebung: Was du auf deinem Handy siehst, ist das Gleiche, was es um dich herum gibt –

Straßen, Häuser, Parks. Dein Trainer-Avatar steht an der gleichen Stelle, an der du auch stehst, und bewegt sich mit dir mit. Wenn du dich nicht bewegst, steht dein Avatar auch nur herum.

FACT 002

Dein erstes Pokémon – Pikachu

Mit den Pokéballen von Professor Willow kannst du Pokémon fangen. Drei erscheinen sofort neben dir. Es sind Bisasam, Glumanda und Schiggy. Nicht dabei ist das Pokémon, mit dem Ash Ketchum seine Reise von Alabastia aus startete: Pikachu. Wenn du auch mit Pikachu beginnen möchtest, darfst du dich nicht mit Bisasam, Glumanda und Schiggy beschäftigen. Entferne dich von ih-

●●●●● Telekom.de LTE
17:19
68 %
FANGE EIN POKÉMON!

nen, bis sie nach einigen Metern verschwinden. Kurz darauf tauchen sie wieder auf. Wiederhole das viermal, bis auch Pikachu erscheint.
Mit einmal tippen kannst du Pikachu auswählen. So kommst du in den Fangmodus. Pikachu steht in der oberen Bildhälfte, während am unteren Rand ein Pokéball erscheint. Tippe und halte mit einem Finger den Pokéball und ziehe ihn dann in einer Streichbewegung auf Pikachu. So wirfst du einen Pokéball. Wenn du Pikachu mit dem Pokéball triffst, kannst du es fangen und als erstes Pokémon in deinem Pokédex registrieren. Herzlichen Glückwunsch zu deinem ersten Pokémon! Weil du dich für Pikachu entschieden hast, verschwinden Bisasam, Glumanda und Schiggy zwar, aber sie werden dir bei deinen Abenteuern sicher wiederbegegnen.

WO ALLES BEGANN: ALABASTIA

Die Pokémon-Reihe startete 1996 in Japan mit zwei Spielen für den GameBoy, der Roten und der Blauen Edition. (Kurz darauf erschien auch die Gelbe Edition, in der Pikachu als Starter möglich war!) Die Anime-Serie machte die Pokémon schnell weltweit berühmt. Die Geschichte beginnt in Alabastia, einem kleinen, etwas verschlafenen Dorf. In Alabastia darf sich jedes Kind an seinem zehnten Geburtstag ein Pokémon aussuchen. Ist das nicht das beste Geburtstagsgeschenk, das es gibt? Das denkt sich auch der junge Ash Ketchum, denn sein größter Traum ist es, der beste Pokémon-Trainer aller Zeiten zu werden. Leider verschläft er am Morgen seines Geburtstags und kommt zu spät zu

Professor Eich. Als Ash beim Professor ankommt, gibt es nur noch ein Pokémon: Pikachu. Es ist widerspenstig und will weder in einen Pokéball, noch lässt es sich von Ash zähmen. So hatte sich Ash den Beginn seiner Reise ganz und gar nicht vorgestellt. Erst als die beiden gemeinsam einen wütenden Schwarm Habitak besiegen, werden sie unzertrennliche Freunde – und machen sich auf zu neuen Abenteuern.

FACT 003

Nur ... eine ... Ecke ... noch ...

Pokémon, die du fangen kannst, werden dir direkt auf der Karte angezeigt – so wie die ersten Pokémon auch. Tippst du auf ein Pokémon, kommst du in den Fangmodus. Auf der Karte siehst du nur die Pokémon, die in deiner unmittelbaren Nähe sind. Alle anderen musst du erst einmal finden. Dafür gibt dir das Spiel eine Hilfe an die Hand.

Unten rechts siehst du ein kleines Rechteck, in dem null bis drei Pokémon angezeigt werden. Tippst du darauf, öffnet sich das Fenster »Gesichtete Pokémon«. Hier werden dir alle Pokémon angezeigt, die in deiner Nähe sind.

In deiner Nähe steht für einen Radius von 200 Metern: Die hier angezeigten Pokémon sind von deinem aktuellen Standpunkt nicht weiter als 200 Meter entfernt. Die Reihenfolge, in der die Pokémon angezeigt werden, gibt keinen Aufschluss darüber, welches näher ist. Dabei wird jeder Typ nur einmal angezeigt. Auch wenn mehrere Taubsi in

deiner Nähe sind, taucht also nur eines unter »Gesichtete Pokémon« auf – so lange, bis kein einziges Taubsi mehr da ist.
Pokémon verschwinden aus der Liste, wenn eine von zwei Bedingungen erfüllt ist: wenn du dich weiter als 200 Meter von ihnen entfernst, oder wenn die Zeit, in der sie erscheinen, zu Ende ist.

FACT 004

Pokémon fangen leichtgemacht

Dein erstes Pokémon hast du schon gefangen. Viele weitere werden dir auf deiner Reise noch begegnen. Doch egal, welches Pokémon vor dir steht: Wie du es fängst, funktioniert immer mit den gleichen Tricks.
Pokémon fängst du mit Pokébällen, die du

Telekom.de
15:17
100 %

mit einer Wischbewegung auf das Pokémon wirfst. Dein Pokéball muss das Pokémon innerhalb des weißen Kreises treffen. Triffst du nicht den weißen Kreis, ist dieser Pokéball verloren. Innerhalb des weißen Kreises gibt es noch einen bunten Kreis. Er zeigt an, wie schwer es ist, das Pokémon zu fangen. Je kleiner der Kreis ist, desto höher ist deine Chance, das Pokémon zu fangen.

FACT 005

Pokémon und ihr Zuhause

In Pokémon Go gibt es insgesamt 151 Pokémon. Sie werden in mehrere Typen unterschieden, wie zum Beispiel Normal, Wasser oder Kampf. Wo du auf welches Pokémon triffst, kann dir niemand ganz genau sagen.

Es ist aber bekannt, dass sie sich in ihren natürlichen Umgebungen am wohlsten fühlen. Die natürliche Umgebung hängt vom Typ ab: Wasser-Pokémon sind am liebsten in der Nähe von Flüssen und Seen. Gestein-Pokémon dagegen halten sich am liebsten im Gebirge auf. Den Typ eines Pokémon findest du, wenn du dir das Pokémon genauer anschaust. Unterhalb der KP-Leiste wird der jeweilige Typ angegeben. Aber auch außerhalb ihrer natürlichen Umgebungen kannst du Pokémon finden. Ab und zu wird dir also auch ein Gestein-Pokémon in der Stadt begegnen oder ein Wasser-Pokémon im Wald. Eine genaue Übersicht über die Typen der Pokémon und wo du sie am häufigsten findest, gibt es am Ende dieses Buches.

FACT 006

Eine Liste aller Pokémon

Der Pokédex ist ein Lexikon über alle Pokémon, die es gibt. Darin sind alle bekannten Informationen zu jedem einzelnen Pokémon eingetragen. Jedes Pokémon hat darin eine bestimmte Nummer. Bisasam zum Beispiel ist die #001, Pikachu die #025. Über Pokémon, denen du noch nie begegnet bist, weißt du aber noch nichts. Deswegen ist dein Pokédex am Anfang ziemlich klein. Mit jedem neuen Pokémon, das du fängst, wird sich dein Pokédex füllen. Aber auch alle gesichteten Pokémon werden erfasst. Das sind neue Pokémon, die dir beim Fangen bisher entwischt sind, aber immerhin von dir gesehen wurden. Sie werden als Schatten im Pokédex angezeigt. Schau dir Fact 031 zum

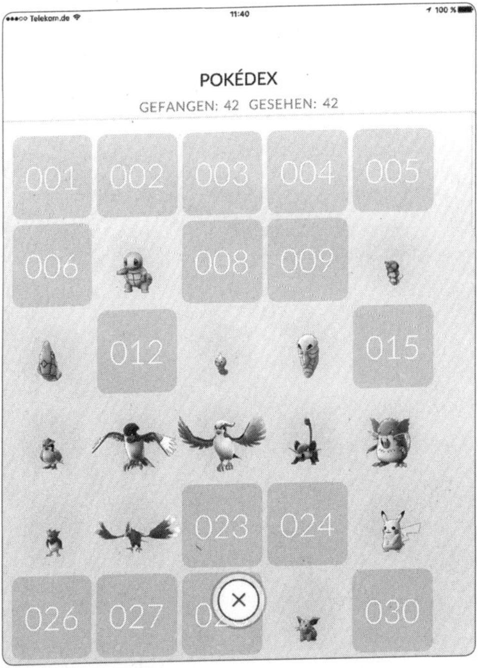

Telekom.de
11:40
100 %
POKÉDEX
GEFANGEN: 42 GESEHEN: 42
001
002
003
004
005
006
008
009
012
015
023
024
026
027
030

Fangen von starken Pokémon an, um besser zu werden!

FACT 007

Schnapp sie dir – ALLE

Pokémon fangen macht viel Spaß. Für jedes gefangene Pokémon wirst du außerdem noch mehrfach belohnt. Mit jedem Fang sammelst du Erfahrungspunkte: 100 EP für das Fangen, 500 EP für Pokémon, die du das erste Mal fängst, und 0 bis 110 EP abhängig davon, wie gut dein Wurf war. Du kannst also bis zu 710 EP mit einem Pokémon sammeln! (Eine Übersicht darüber, für was du wie viele EP bekommst, findest du am Ende dieses Buches.)
Doch du erhältst noch mehr Belohnungen.

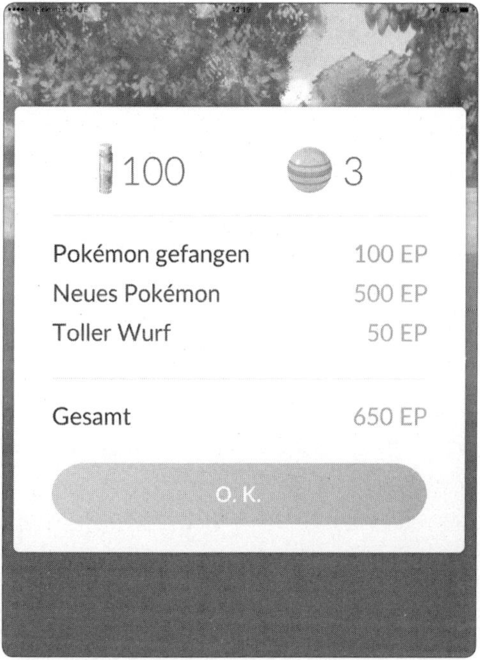
100
3
Pokémon gefangen
100 EP
Neues Pokémon
500 EP
Toller Wurf
50 EP
Gesamt
650 EP
O. K.

Für jedes gefangene Pokémon erhältst du auch 100 Sternenstaub und 3 Bonbons. Mit Sternenstaub kannst du Pokémon verbessern (Power-Up). Die Bonbons kannst du einsetzen, um deine Pokémon zu entwickeln. Sie sind aber nur für jeweils eine Art gültig – ein Taubsi-Bonbon hilft keinem Rattfratz.

Wegen dieser Belohnungen solltest du alle Pokémon fangen, die du findest (wenn du ausreichend Pokébälle hast). Auch wenn es sehr verlockend ist, deine Pokémon sofort mit Sternenstaub und Bonbons zu füttern, solltest du erst einmal damit warten. Sobald du ein höheres Level erreicht hast, kannst du Sternenstaub und Bonbons viel besser einsetzen: Dann fängst du nämlich stärkere Pokémon und kannst mit einem kleinen Trick sehr viele EP in sehr kurzer Zeit bekommen! Neugierig? Den Trick erfährst du bei Fact 029.

FACT 008

100 Taubsi und kein Dragoran

Manche Pokémon gibt es so oft, wie es Tauben in einer Stadt gibt. Du läufst ihnen ständig über den Weg. Wenn du nicht wüsstest, dass sich auch das 17. Taubsi, das 23. Rattfratz, das 1000. Hornliu noch lohnt, würdest du irgendwann vielleicht einfach weiterlaufen. Anderen Pokémon bist du noch nie begegnet. Sie werden nur ganz selten gesichtet und sind sehr schwer zu fangen. Stößt du auf eine größere Anzahl von Trainern, ist vermutlich gerade ein Glurak oder ein anderes sehr seltenes Pokémon aufgetaucht. Ein Mew hat sogar noch niemand auf der ganzen Welt gefangen! Wenn dich also demnächst ein Freund anruft und dir sagt, dass er in deiner Nähe ein Dragoran gefunden hat, solltest du dir gut überlegen, ob im Bett Liegen und Nichtstun gerade wirklich die bessere Alternative ist.

FACT 009

Professor Willow

In deinem Rucksack ist Platz für 250 Pokémon. Nach einigen Stunden Pokémon Go belegen die vielen Taubsi, Rattfratz und Hornliu langsam den ganzen Platz.
Zum Glück gibt es Professor Willow, der dir am Anfang die Pokébälle gegeben hat. Ihm kannst du jederzeit alle Pokémon schicken, die du nicht mehr behalten magst. Dafür gibt er dir ein Bonbon des jeweiligen Pokémon. Dieses Pokémon bleibt weiterhin in deinem Pokédex registriert, verstopft aber

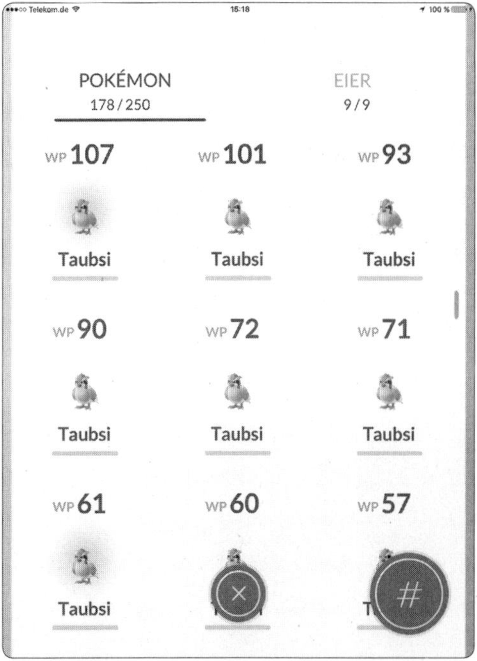
Telekom.de
15:18
100 %
POKÉMON
178 / 250
EIER
9 / 9
WP 107
Taubsi
WP 101
Taubsi
WP 93
Taubsi
WP 90
Taubsi
WP 72
Taubsi
WP 71
Taubsi
WP 61
Taubsi
WP 60
WP 57
#

nicht mehr deinen wertvollen Platz. Netter Mann, der Professor Willow. Mit ziemlich vielen Taubsi.

PROFESSOR WILLOW
UND SEINE KOLLEGEN

Professor Willow ist dein Mentor in Pokémon Go. Einen anderen Professor hast du schon kurz kennengelernt: Professor Eich, den Mentor von Ash Ketchum. Auf Ashs Reise und in den Pokémon-Spielen tauchen viele weitere Professoren auf. Die Professoren erforschen die Pokémon und ihre Welt. Manche interessieren sich für die Aufzucht von Pokémon oder ihre Verhaltensweisen, andere für die verschiedenen Arten und ihre Entstehung. Gemeinsam haben sie ein großes Wissen über die Pokémon gesammelt, aber es gibt immer noch Dinge, die niemand weiß.

FACT 010

Den Überblick behalten

Mit jedem gefangenen Pokémon wächst deine Sammlung, die mittlerweile schon ziemlich beachtlich ist. Im Gegensatz zum Pokédex kannst du deine Sammlung selbst sortieren. Das Spiel zeigt dir deine Pokémon in der Reihenfolge, in der du sie gefangen hast: Das neueste oben, das älteste ganz unten. Unten rechts kannst du das verändern. Je nachdem, was du als Nächstes vorhast,

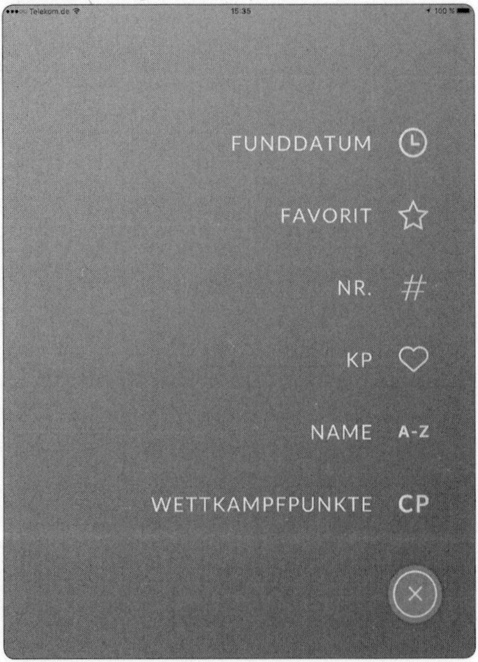
Telekom.de
15:35
100 %
FUNDDATUM
FAVORIT
NR.
#
KP
NAME
A-Z
WETTKAMPFPUNKTE
CP

sollte du die Pokémon unterschiedlich sortieren, etwa nach Name oder Wettkampfpunkten.
Tippst du auf ein einzelnes Pokémon, siehst du seine genaueren Angaben. Hier kannst du es auch mit Sternenstaub hochleveln und mit Bonbons entwickeln (was du dir immer noch für später aufheben solltest. Keine Sorge, bald ist es so weit). Oben steht das Pokémon vor einem animierten Hintergrund. Tippst du es an, macht es seine typische Kampfbewegung und den gleichen Sound wie in den ersten Pokémon-Spielen für den Gameboy! (Mit einer Ausnahme: tippst du auf Pikachu, gibt es ein lautes »Pikachuuu« von sich.) Du möchtest dir auch das nächste Pokémon genauer angucken? Wische einfach nach links oder rechts, um zum nächsten oder dem vorherigen Pokémon in deiner Sammlung zu kommen.

FACT 011

Zeit für Werte

Trainer können durch Erfahrungspunkte im Level aufsteigen, neue Items freischalten und stärkere Pokémon fangen. (Eine Übersicht über die Trainer-Level findest du ganz hinten.) Die Stärke eines Pokémon erkennst du an verschiedenen Werten. Der wichtigste Wert sind die Wettkampfpunkte (WP). Diesen Wert bekommst du auch angezeigt, wenn du ein Pokémon fängst. Im Fangbildschirm und in deiner Sammlung stehen die WP über dem Pokémon. Die Wettkampfpunkte eines einzelnen Pokémon können sich ändern. Den jeweiligen Stand zeigt die Leiste zwischen der WP-Anzeige und dem Pokémon an. Hier siehst du, wie viele Power-Ups du deinem Pokémon noch geben

kannst. Das ist auch abhängig von deinem Trainer-Level – je höher dein Level, desto stärkere Pokémon kannst du trainieren (und fangen). Warte mit den Power-Ups, bis du ein höheres Level erreicht hast und stärkere Pokémon fängst. Wenn du jetzt anfängst, dein Rattikarl mit WP 300 hochzuleveln, ärgerst du dich nur, wenn dir später ein 500-WP-Rattikarl in freier Wildbahn begegnet. Sei klug und spare Sternenstaub!
Außerdem stehen in der Leiste unterhalb des Pokémon die Kraftpunkte (KP). Diese stehen für die Gesundheit des Pokémon. Je mehr Kraftpunkte, desto mehr Schaden kann es einstecken. In Kämpfen fügen die Pokémon sich gegenseitig Schaden zu und verlieren dadurch Kraftpunkte. Wie viele, ist abhängig von der Stärke der eingesetzten Attacke. Welche Attacken dein Pokémon kann, siehst du auf dem Bildschirm ganz unten – aber

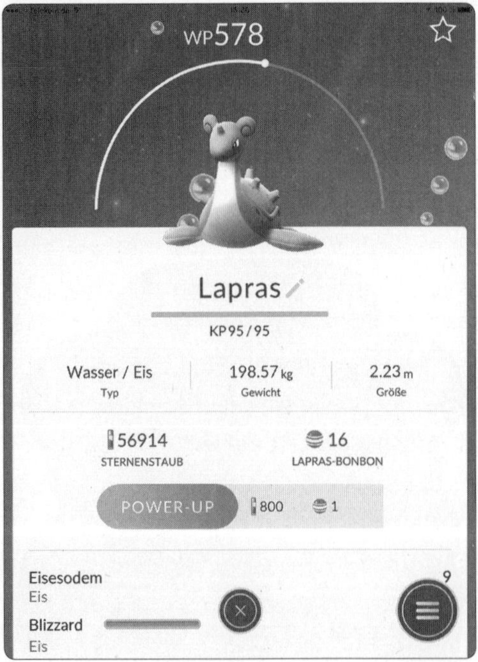
WP578
Lapras
KP95/95
Wasser / Eis
Typ
198.57 kg
Gewicht
2.23 m
Größe
56914
STERNENSTAUB
16
LAPRAS-BONBON
POWER-UP
800
1
Eisesodem
Eis
9
Blizzard
Eis

das wird erst wichtig, wenn du auch in Arenen kämpfen kannst.

FACT 012

Die drei Fragezeichen

Auf deiner Reise werden dir die unterschiedlichsten Pokémon begegnen: Fliegende und schwimmende, feuerspuckende und elektrische, schwache und starke. Von Zeit zu Zeit wirst du besonders starken Pokémon begegnen: stärker als alles, was dir bisher begegnet ist. Die Wettkampfpunkte dieser Pokémon werden dir im Fangbildschirm nicht angezeigt. An ihrer Stelle stehen drei Fragezeichen. Ein solches Pokémon zu fangen wird eine echte Herausforderung für dich. Eine Herausforderung, die sich auszahlt: Wenn du es schaffst, dieses Pokémon zu fangen, wird es vermutlich dein bisher bestes Pokémon sein!

FACT 013

Pokémon stehen auf Rauch?

Rauch ist eines der Items, die du von Anfang an besitzt. Du kannst es aktivieren, um 30 Minuten lang Pokémon in deine Nähe zu locken. In dieser Zeit bleibt der Rauch immer bei dir, du kannst dich also weiterhin bewegen. Das solltest du auch, da beim Gehen viel mehr Pokémon angelockt werden. Wenn du auf der Stelle stehen bleibst, bringt dir Rauch nicht viel. Außerdem ist Rauch am hilfreichsten, wenn du durch Gegenden läufst, in denen es wenige Pokéstops gibt und in denen nur sehr wenige Pokémon spawnen. Einige Trainer berichten, dass sie so schon sehr seltene Pokémon gefangen haben. In jedem Fall solltest du dir gut überlegen, wann du Rauch einsetzt.

FACT 014

Items Items Items

Pokéstops sind in der ganzen Welt verteilt. Du findest sie an interessanten oder historisch wichtigen Orten und Sehenswürdigkeiten. Sobald du dich ihnen näherst, ändern sie ihre Form zu einer runden Scheibe. Nun kannst du darauftippen. Indem du die Scheibe drehst, erhältst du Items. Welche Items du bekommst, ist abhängig von deinem Trainer-Level. Zu Beginn bekommst du

Telekom.de
11:37
100 %
Skulptur in der Stempelfabrik

Pokébälle und Eier, später kommen weitere Items hinzu. Welche Items du wann freischaltest, kannst du in der Liste am Ende des Buches nachschauen.

DER TRAUM VOM EIGENEN POKÉSTOP – ZERPLATZT

Pokéstops sind sehr wichtig für deinen Erfolg: An ihnen bekommst du Pokébälle, ohne die du keine Pokémon fangen kannst, und Erfahrung, ohne die dein Trainer-Level nicht steigt. Ein Pokéstop direkt vor der Haustür wäre da natürlich ein Traum – ein Pokéstop, der in Reichweite von deinem Bett ist, das wäre perfekt! Leider gibt es zurzeit keine Möglichkeit, neue Pokéstops zu beantragen. Es ist unklar, ob das in Zukunft möglich sein wird. Vorerst musst du also mit den Pokéstops zufrieden sein, die es schon gibt.

FACT 015

Mega-Pokéstops

Pokémon Go belohnt dich auf verschiedenen Wegen dafür, draußen unterwegs zu sein. Mit einer schlauen Route und etwas Geschick kannst du aus deiner Pokéstop-Tour noch mehr herausholen und einen Mega-Pokéstop besuchen. Mega-Pokéstops belohnen dich mit bis zu acht Items und 100 EP!

Für diese Belohnungen musst du zehn Pokéstops in Folge besuchen. Achte dabei

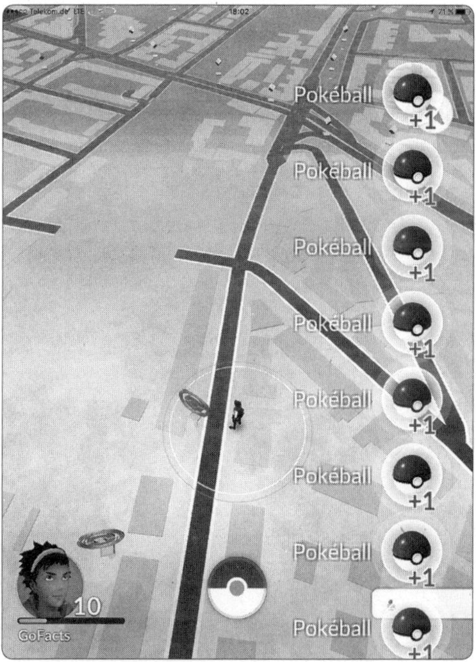
18:02
Pokéball
+1
Pokéball
+1
Pokéball
+1
Pokéball
+1
Pokéball
+1
Pokéball
+1
Pokéball
+1
Pokéball
+1
10
GoFacts

aber auf die Zeit! Innerhalb einer halben Stunde musst du alle zehn Pokéstops abklappern. Zwischen den einzelnen Pokéstops dürfen nicht mehr als zehn Minuten liegen. Ob du einen der Pokéstops in deiner Trainerkarriere schon mal besucht hast oder nicht, spielt keine Rolle – Hauptsache, du warst in der letzten halben Stunde nicht da. Halte also die Augen offen, ob es zehn Pokéstops in deiner Umgebung gibt, die du in kurzer Zeit aufsuchen kannst. Es lohnt sich, sie alle nacheinander zu besuchen!

DEIN TRAINER-TAGEBUCH

Pokémon Go führt für dich Tagebuch. Du findest es, indem du unten links auf deinen Avatar tippst und dann unten rechts auf die Menütaste gehst. In deinem Tagebuch wird alles aufgezeichnet, was dir in letzter Zeit passiert ist: Deine Pokéstop-Beute und ausgebrütete, gefangene und geflüchtete Pokémon. Das Tagebuch reicht aber nur 50 Ereignisse weit zurück – deine ganze Geschichte kannst du also nicht mehr nachvollziehen.

FACT 016

Sei eine Henne!

Wenn du im Menü auf den Pokémon-Button tippst, siehst du all deine gesammelten Pokémon. Wische entweder einmal nach links oder tippe oben rechts auf »Eier«, und du kommst zu der Liste deiner gesammel-

ten Eier. Diese sammelst du manchmal an Pokéstops ein. Die Eier haben verschiedene Größen: Du musst sie 2 Kilometer, 5 Kilometer oder 10 Kilometer lang ausbrüten, bevor aus ihnen Pokémon schlüpfen. Grundsätzlich gilt: Je länger du das Ei mit dir rumträgst, desto seltenere Pokémon können daraus schlüpfen. Wenn du Glück hast, können aus 2-km-Eiern auch die seltenen Starter-Pokémon Bisasam, Glumanda und Schiggy schlüpfen. Wenn du Pech hast, schlüpft Evoli aus einem 10-km-Ei, denn Evoli begegnet dir auch häufig in freier Wildbahn. Aber Kopf hoch, die Evoli-Bonbons kann man immer gut gebrauchen! Im hinteren Teil findest du eine Übersicht über die Pokémon, die du in Eiern ausbrüten kannst.
Es bringt dir noch nichts, die Eier nach dem Einsammeln am Pokéstop einfach mit dir herumzutragen. Um sie auszubrüten, musst

du sie in einen Inkubator legen. Eines dieser Geräte besitzt du von Anfang an. Du kannst es unendlich oft einsetzen, deswegen solltest du es vor allem für die 2-km und 5-km Eier benutzen. Später bekommst du weitere Inkubatoren, die du aber nur drei Mal einsetzen darfst. Am besten nutzt du diese, um deine 5-km- und 10-km-Eier auszubrüten. So sind sie länger im Gebrauch und nutzen sich nicht so schnell ab!

LÄNGER DURCHHALTEN

Das Spiel erfasst nur die Kilometer, die du läufst, während das Spiel auf deinem Handy läuft – du kannst nicht in anderen Apps unterwegs sein. Der Akku freut sich darüber nicht gerade, schließlich leuchtet der Bildschirm die ganze Zeit,

und dein Ortungsservice ist eingeschaltet. Mit zwei Maßnahmen kannst du das Leben deines Akkus zumindest ein bisschen verlängern.
Tippst du auf den Pokéball ganz unten in der Mitte und dann oben rechts auf das Zahnrad, gelangst du in die Einstellungen. Hier kannst du den Batteriesparer aktivieren. Er sorgt dafür, dass dein Bildschirm fast schwarz wird, wenn du das Handy umdrehst. Die App läuft aber weiter, zeichnet deine Wegstrecke auf, und informiert dich über Pokémon in der Nähe.
Im Fangbildschirm und in Arenen solltest du außerdem den Augmented Reality (AR) Modus ausschalten. In diesem Modus erfasst die Kamera deine unmittelbare Umgebung, und das Spiel

zeigt die Pokémon darin an. Das sieht sehr gut aus, verbraucht aber auch eine Menge Akku. Wenn du den Schieberegler bewegst, stehen die Pokémon vor einem gezeichneten Hintergrund. Das ist nicht ganz so schick, aber so kannst du deutlich länger spielen.

FACT 017

Olympische Pokémon-Go-Spiele

Für manche Leistungen erhältst du in Pokémon Go Medaillen. Die Medaillen erhältst du nicht, weil du besser im Vergleich zu anderen Spielern bist, sondern, weil du bestimmte Meilensteine erreichst. Meilensteine sind zum Beispiel die Größe deines Pokédex, wie lange du insgesamt gelaufen bist oder wie viele Pokémon du gefangen hast. Eine neue Medaille wird dir wie ein Level-Aufstieg angezeigt. Level-Aufstieg? Dafür gibt es doch immer Belohnungen! Medaillen sind in der Hinsicht leider etwas enttäuschend: Für eine Medaille gibt es gar nichts (außer der Medaille selbst).

Medaillen sind also vor allem eine gute Möglichkeit, deinen Fortschritt im Spiel zu messen. Am Anfang werden dir noch nicht viele Medaillen in deinem Spielerprofil angezeigt. Die meisten schaltest du erst frei, indem du einen Fortschritt in diesem Bereich machst. Die Medaille »Drachenprofi« zum Beispiel bekommst du erst zu sehen, wenn du dein erstes Pokémon vom Typ Drache gefangen hast. Für jeden Bereich gibt es mehrere Stufen: Zunächst siehst du nur ein Fragezeichen in dem Kreis, der deinen Fortschritt anzeigt.

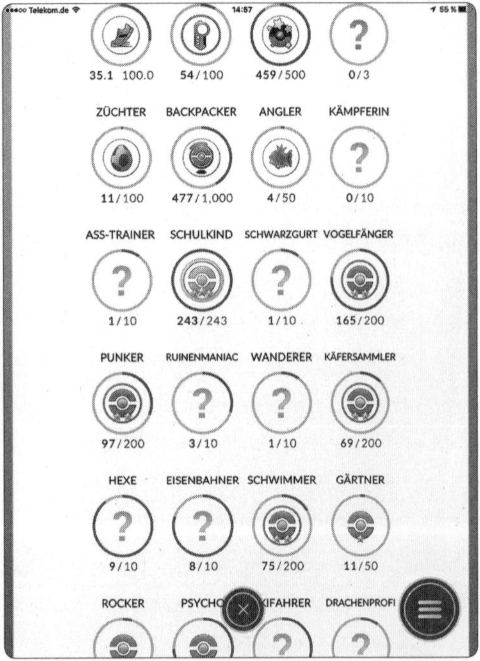
Telekom.de
14:57
55 %
35.1 100.0
54/100
459/500
0/3
ZÜCHTER
BACKPACKER
ANGLER
KÄMPFERIN
11/100
477/1,000
4/50
0/10
ASS-TRAINER
SCHULKIND
SCHWARZGURT
VOGELFÄNGER
1/10
243/243
1/10
165/200
PUNKER
RUINENMANIAC
WANDERER
KÄFERSAMMLER
97/200
3/10
1/10
69/200
HEXE
EISENBAHNER
SCHWIMMER
GÄRTNER
9/10
8/10
75/200
11/50
ROCKER
PSYCHO
KIFAHRER
DRACHENPROFI

Hast du die erste Stufe gemeistert, erscheint an der Stelle des Logos ein Symbol. Erfüllst du die Anforderungen für die dritte Stufe, färbt sich das Logo bronzefarben ein und wird um einen Stern ergänzt. Als Nächstes wird das Logo silbern und erhält einen zweiten Stern. Auf der höchsten Stufe erscheint ein goldenes Logo mit drei Sternen – mehr kannst du nicht erreichen. Dein Fortschritt in dem Bereich wird weiterhin gezählt, neue Medaillen bekommst du dafür aber nicht mehr.

FACT 018

Eine gute Wahl: Intuition, Weisheit, Wagemut

Level 5! Die Grundlagen von Pokémon Go hast du alle gelernt: Du weißt, wie man

Pokémon findet und fängt, wie man sie ausbrütet und was Pokéstops sind. Neben den Pokéstops gibt es in der Welt von Pokémon Go noch ein zweites interessantes Bauwerk: die Arena. In Arenen kannst du deine Pokémon im Kampf testen. Bevor es so weit ist, musst du aber eine Entscheidung treffen, die dein gesamtes weiteres Spiel beeinflussen wird: Du musst dich einem Team anschließen.

Die drei Assistenten von Professor Willow interessieren sich für jeweils unterschiedliche Eigenschaften der Pokémon, die sie genauer erforschen und einsetzen wollen. Ihre Teams haben jeweils eine eigene Farbe und ein eigenes legendäres Pokémon.

Das gelbe Team Intuition wird angeführt von Spark, der die inneren Antriebe der Pokémon erkennen möchte. Er vertraut seinen Instinkten und glaubt daran, dass die Kraft der

ENTSCHEIDE DICH FÜR EIN TEAM.
Team Intuition
Team Weisheit
Team Wagemut

Pokémon schon immer in ihnen lag. Als legendäres Pokémon hat er Zapdos gewählt.
Blanche verbringt sehr viel Zeit damit, die Pokémon zu erforschen und zu analysieren. Davon verspricht sie sich die höchsten Chancen, in Pokémon-Kämpfen zu gewinnen. Ihr Team Weisheit tritt in Blau an, das legendäre Pokémon ist Arktos.
Auf Stärke und Training setzt Team Wagemut von Anführerin Candela. Sie möchte sich mit den Pokémon verbünden und sie durch ihr Training immer stärker machen. Das legendäre Pokémon ihres roten Teams ist Lavados.
Außerhalb der Arenakämpfe unterscheiden sich die Teams nicht. Du kannst dein Team also nach deinem Geschmack auswählen oder die Arenen in deiner Umgebung beobachten und das stärkste Team auswählen. Wenn du gemeinsam mit Freunden spielst,

könnt ihr auch überlegen, alle das gleiche Team zu wählen. Beachte aber immer: Dein Team kannst du nicht mehr wechseln!

Solange du auf der Karte nicht auf eine Arena tippst, musst du kein Team auswählen. Du kannst also auch noch warten, bis du dich entscheidest.

FACT 019

Die sind alle stärker!

Du hast dein Team schon gewählt? Willkommen in der Arena! Vermutlich sind alle Trainer und ihre Pokémon in den Arenen in deiner Umgebung deutlich stärker als du, weil sie schon länger spielen. Deswegen wird es anfangs etwas schwierig werden, eine Arena erfolgreich einzunehmen. Und hier kommt die Wichtigkeit deiner Team-Wahl wieder ins Spiel: Wenn du Freunde hast, die in deinem Team mitspielen, dann versucht doch mal zusammen eine Arena anzugreifen, denn gemeinsam seid ihr stark! Falls du das unwahrscheinliche Glück hast, auf eine leere Arena in deiner Nähe zu treffen, kannst du diese aber jederzeit einnehmen. Dafür wählst du sie aus und platzierst dort eines deiner Pokémon. Du musst nicht unbedingt dein stärkstes Pokémon dafür auswählen, ein 10-WP-Taubsi sollte es aber auch nicht gerade sein.

GESUCHT, GEFUNDEN

Dein Haustier ist verschwunden? Du hast etwas auf dem Heimweg verloren? Arenen und Pokéstops sind Orte, an denen viele Pokémon-Go-Spieler vorbeikommen, oft auch mehrmals in der Woche. Die Menschen dort sind oft aus der näheren Umgebung und laufen wahrscheinlich gerade viel herum. Vielleicht hat einer von ihnen das Haustier gesehen? Hänge doch Zettel mit einem Foto von deinem Haustier an Pokéstops und Arenen in deiner Umgebung auf.

FACT 020

Komm mit, Kumpel!

Pokémon Go eignet sich hervorragend, um mit deinen Freunden unterwegs zu sein und gemeinsam Pokémon zu fangen und Arenen einzunehmen. Doch du musst nicht auf Begleitung verzichten, wenn du mal allein unterwegs bist. Eines deiner Pokémon kannst du nämlich zu deinem persönlichen Kumpel ernennen! Dein Kumpel-Pokémon erscheint neben deinem Avatar im Trainerbildschirm. So kannst du dein Lieblings-Pokémon immer auf deine Spaziergänge mitnehmen.

Ein Kumpel-Pokémon hat einen handfesten Vorteil: Legt ihr zusammen eine gewisse Strecke zurück, sammelt dein Kumpel-Pokémon ein Bonbon. Die Strecke, die du zurücklegen musst, ist je nach Seltenheit des Pokémon einen, drei oder fünf Kilometer lang. Das ist eine gute Möglichkeit, fehlende Bonbons für Pokémon zu sammeln – für Power-Ups oder Entwicklungen. Wenn du zehn Bonbons mit einem Pikachu sammelst, setzt sich Pikachu auf die Schulte deines Trainer-Avatars!

Anders als deine Freunde kannst du dein

Kumpel-Pokémon jederzeit austauschen. Je nachdem, von welchem Pokémon du gerade Bonbons brauchst, solltest du das auch tun.

FACT 021

Neue Items?

Durch das Erreichen von Level 5 hast du auch neue Items freigeschaltet: Tränke und Beleber. Beide Items stehen in Verbindung mit den Arenakämpfen. In einem Kampf fügen sich die Pokémon gegenseitig Schaden zu. Das geht so lange, bis eines der beiden Pokémon ohnmächtig wird und den Kampf dadurch verloren hat. Wenn es so weit kommt, musst du einen Beleber einsetzen. Der Beleber weckt dein Pokémon wieder auf und stellt die Hälfte seiner KP wieder her. Tränke stellen bei Pokémon, die nicht bewusstlos sind, bis zu 20 KP wieder her. Beide Items wirst du in Zukunft auch an Pokéstops erhalten.

FACT 022

Rucksack voll

In deinen Rucksack passen nur bis zu 250 Items. Mit einem vollen Rucksack erhältst du an Pokéstops deswegen keine Items mehr. Doch nicht alle Items sind für jeden Trainer gleich nützlich. Trainer, die (noch) nicht in Arenen kämpfen, brauchen zum Beispiel keine Tränke und keine Beleber.
In deiner Item-Liste siehst du rechts neben jedem Item einen kleinen Mülleimer. Mit

Telekom.de
15:39
100 %
ITEMS
Beleber wegwerfen?
1
JA
ABBRECHEN
Rauch
x5

einem Tippen darauf kannst du auswählen, wie viele dieser Items du wegwerfen möchtest. So kannst du Platz schaffen für die Items, die du wirklich brauchst.
Die Belohnungen für Level-Aufstiege erhältst du übrigens unabhängig davon, wie voll dein Rucksack ist. Und auch die 50 EP für den Besuch eines Pokéstops erhältst du immer noch. Es lohnt sich also auch mit einem vollen Rucksack, Pokéstops zu besuchen.

FACT 023

Schneller, als das Spiel erlaubt

Pokémon Go mag es nicht, wenn du dich zu schnell bewegst. Ob als Mitfahrer im Auto, als Passagier im Bus, auf dem Fahrrad oder beim Joggen – schnelle Fortbewegung wird vom Spiel registriert. Die Entfernung, die du zurücklegst, wird für die Eier in deinem Inkubator nur bis etwa 10 km/h berücksichtigt. Bewegst du dich schneller, zählt die zurückgelegte Entfernung nicht mehr für den Inkubator (das Gleiche gilt für den Lauffortschritt deines Kumpel-Pokémon). Bei einer noch höheren Geschwindigkeit wirst du vom Spiel gewarnt, dass du nicht beim Autofahren spielen sollst, und musst bestätigen, dass du nur Mitfahrer bist.

Solange du nicht viel zu schnell unterwegs bist, kannst du aber weiterhin einige Dinge tun. Du hast zu viel in Arenen gekämpft und kaum noch Beleber und Tränke für deine Pokémon übrig? Vielleicht hast du auch zu oft danebengeworfen und keine Pokébälle mehr im Rucksack? Dann setz dich entspannt in den Bus und geh auf bequeme Item-Jagd. Im Bus kannst du während der

Fahrt weiterhin Pokéstops besuchen, wenn du flink genug bist. Die Items, die dir der Pokéstop gibt, musst du nämlich nicht alle selbständig einsammeln. Es reicht, wenn du die Scheibe drehst und dann schnell auf das X tippst, mit dem du den Pokéstop verlässt. Pokémon kannst du weiterhin fangen. Je weiter und schneller du dich von dem Punkt, an dem du sie gefunden hast entfernst, desto wahrscheinlicher wird es allerdings, dass die Pokémon fliehen. Du solltest dich also auch dabei beeilen oder deinen Pokéball besonders gut werfen!

FACT 024

Noch mehr Pokémon!

Wie Rauch funktioniert, hast du bereits gelernt. Vielleicht hast du auch schon das erste Mal Rauch eingesetzt, um Pokémon anzulocken. Lockmodule sind ein weiteres Hilfsmittel, das Pokémon-Trainer einsetzen, um auf Pokémon zu treffen. Lockmodule sind – genauso wie Rauch – 30 Minuten lang aktiv. Sie funktionieren aber nur in Verbindung mit einem Pokéstop, auf dem sie platziert werden. Aktive Lockmodule sind für alle anderen Trainer auch sichtbar. Du erkennst sie an dem rosa Blütenregen, der auch schon aus der Ferne auf deiner Karte zu erkennen ist. Andere Trainer können also von deinen Lockmodulen profitieren und du von den Lockmodulen anderer Trainer. Besuchst du

Telekom.de LTE
12:08
+50 EP
6
GoFacts

einen Pokéstop mit einem aktivierten Lockmodul, kannst du auf das Lockmodul tippen, um den Namen des Trainers zu sehen, der es aktiviert hat.

FACT 025

Viele Trainer, ein Pokémon

Lockmodule locken Pokémon an – und deswegen auch Trainer. Bei einem aktivierten Lockmodul sitzt du also wahrscheinlich nicht lange alleine. Aber keine Sorge: Andere Trainer können dir deine Pokémon nicht wegfangen. Pokémon erscheinen für alle Trainer gleichzeitig und sind für alle Trainer gleich lange da. Ob ein Trainer es fängt oder ob zwanzig Trainer sich gleichzeitig mit ihren Pokébällen draufstürzen, ist egal. Das Level des Pokémon, seine WP, ist aber abhängig vom Level des Trainers, der es fängt. Denn je höher dein Trainer-Level, desto stärkere Pokémon können erscheinen. Wegfangen kann dir allerdings niemand etwas.

FACT 026

Pokémon sind ungeduldig

Pokémon sind wilde Tiere, die nicht unbedingt von dir gefangen werden wollen. Sie setzen sich also nicht an eine Stelle und warten verzweifelt darauf, dass du vorbeikommst und sie einfängst. Pokémon erscheinen an einem bestimmten Punkt in der Regel für 15 Minuten. In dieser Zeit sind sie für jeden Trainer in der Nähe sichtbar, und jeder kann sie fangen. Das Pokémon bewegt sich in der Zeit nicht. Fast alle Pokémon verschwinden aber nach 15 Minuten wieder. Zu lange solltest du dir mit dem Fangen also nicht Zeit lassen. Den Anrufen deiner Freunde, die ein Dragoran gefunden haben, solltest du nur folgen, wenn du weißt, dass du es schnell genug zu dem Pokémon schaffst.

FACT 027

Mehr Lockmodule, mehr Pokémon

An manchen Stellen findest du zwei oder mehr Pokéstops sehr nahe beieinander. Solche Stellen eignen sich besonders gut, um Lockmodule zu aktivieren – und zwar am besten auf allen Pokéstops gleichzeitig. So

Telekom.de LTE
14:14
47 %
8
GoFacts

kannst du mit deinen Freunden sehr viele Pokémon in sehr kurzer Zeit fangen, denn jedes Lockmodul lockt neue Pokémon an. Die Chance auf seltene Pokémon wird dadurch größer. Vielleicht kommst du auch an eine Stelle mit mehreren Pokéstops, wo nur ein Lockmodul aktiv ist. Dann lohnt es sich, eines deiner Lockmodule zu aktivieren. Oft gibt es solche Stellen an vielbesuchten Plätzen. Hier kommt fast immer ein Pokémon-Trainer vorbei, der ein Lockmodul aktiviert, wenn ein anderes ausgeht.

POKÉSTOPS AUSBEUTEN

Während du neben Lockmodulen sitzt und auf Pokémon wartest, kannst du auch immer die Pokéstops besuchen. Das verschafft dir Nachschub an Items und bringt dir zusätzliche Erfahrungspunkte. Nachdem du einen Pokéstop besucht hast, musst du fünf Minuten warten, bevor du ihn wieder aufsuchen kannst.

FACT 028

Hmm, lecker Beeren!

Himmihbeere. Das klingt ein bisschen wie Himbeere und sieht auch so ähnlich aus. Genauso sehr, wie fast alle Menschen Himbeeren mögen, freuen sich auch wilde Pokémon über Himmihbeeren. Das kannst du dir zunutze machen.
Bei deinem Versuch, ein Pokémon zu fangen, kannst du unten rechts auf deine Items zu-

Telekom.de LTE
10:30

greifen. Hier kannst du auch die Himmihbeeren auswählen und das Pokémon mit einer füttern. Das erhöht die Wahrscheinlichkeit, dass dein nächster Pokéball-Treffer das Pokémon auch fängt. Bricht es doch wieder aus, kannst du es mit einer weiteren Himmihbeere füttern.

Himmihbeeren bekommst du an Pokéstops. Sie sind aber deutlich seltener als etwa Pokébälle. Deine Himmihbeeren solltest du dir also schlau einteilen. Sie sind vor allem sinnvoll bei starken Pokémon oder wenn du bei schwächeren Pokémon auf Nummer Sicher gehen willst.

FACT 029

Locker leicht leveln

Hast du dein Glücksei schon entdeckt? Du erhältst insgesamt acht als Belohnung für das Erreichen neuer Level, das erste bei Level 9. (Wann du die anderen Glücks-Eier bekommst, steht in der Liste hinten im Buch.) Sie gehören zu den Items, die du auf keinen Fall wegwerfen solltest, egal wie viele Pokébälle du mit dir herumtragen willst. Glücks-Eier kannst du aktivieren, wann immer du möchtest. 30 Minuten lang verdoppeln sie deine EP – das heißt, du erhältst in dieser Zeit doppelt so viele EP wie sonst! Auch wenn Erfahrung eigentlich nichts mit Glück zu tun hat. Glück wären seltene Pokémon oder mehr Items. Eigentlich sind das also Erfahrungsverdopplungseier. Na ja.

Telekom.de
15:41
100 %
ITEMS
342/350
Glücks-Ei
Ein Ei, das mit Glück gefüllt ist. Der Spieler erhält 30 Minuten lang doppelt so viele EP.
x3
Rauch
Ein wohlriechender Rauch, der 30 Minuten lang wilde Pokémon zu dir lockt.
x5
Pokéball
Damit fängst du wilde Pokémon. Du wirfst ihn wie einen normalen Ball. Das Design ähnelt dem einer Kapsel.
x121
Superball

Du solltest dir gut überlegen, wann du deine Glücks-Eier einsetzt. Schließlich solltest du in der Zeit möglichst viele EP sammeln. Erinnerst du dich an die Pokémon-Bonbons, die du für das Fangen und Verschicken bekommst? Hoffentlich hast du dir alle aufgehoben und keine Pokémon entwickelt, denn jetzt wäre ein guter Zeitpunkt.
Für das Entwickeln von Pokémon bekommst du 500 EP. Durch das Glücks-Ei werden daraus phänomenale 1000 EP für eine Entwicklung, die dich nicht mehr als ein paar Bonbons kostet. Wenn du genug entwicklungsfähige Pokémon und passende Bonbons besitzt, kannst du mit einem Glücks-Ei sehr schnell sehr viele Erfahrungspunkte sammeln. Besonders gut eignen sich dafür Pokémon, die du oft findest und deren Entwicklungen nicht viele Eier verbrauchen. Deine Taubsi und Rattfratz solltest du also

nicht alle verschicken, sondern auch ein paar für diese Entwicklungen aufheben. Suche dir einfach einen bequemen Platz, aktiviere das Glücks-Ei und stürze dich in das Entwickeln deiner Pokémon!

ERFAHRUNGSPUNKTE UND TRAINER-LEVEL

Erfahrungspunkte erhältst du für fast alles, was du in Pokémon Go machst – eine genaue Übersicht gibt es im hinteren Teil des Buches. Durch Erfahrungspunkte steigt dein Trainer-Level. Je höher dein Level, desto mehr EP benötigst du, um das nächste Level zu erreichen. Bis Level 20 brauchst du immer nur etwa 1000 EP mehr als für das Level zuvor. Ab Level 20 wird es aber immer schwieriger, ein Level aufzusteigen. Manche Trainer setzen deswegen keine Glückseier ein, bevor sie Level 20 erreicht haben. Ob du auch so lange warten kannst, ist deine Entscheidung.

FACT 030

Evolution

Die meisten Pokémon können entwickelt werden. In Pokémon Go erreichen sie durch Bonbons die nächste Evolutionsstufe. In was sich ein Pokémon entwickelt, ist festgelegt: Taubsi wird immer zu Tauboga, Rattfratz zu Rattikarl, Traumato zu Hypno. Das gilt für alle Pokémon – außer für Evoli.

Evoli ist ein besonderes Pokémon. Es kann

sich nämlich in drei verschiedene Richtungen entwickeln: in das Wasser-Pokémon Aquana, das Elektro-Pokémon Blitza oder in Flamara, ein Feuer-Pokémon.
Normalerweise liegt die Entwicklung von Evoli in Pokémon Go nicht in deiner Hand. Mit einem kleinen Trick kannst du aber steuern, zu welchem Pokémon Evoli sich entwickelt. Schaust du dir ein Pokémon aus deiner Sammlung genauer an, siehst du neben dem Namen einen Stift. Dort kannst du deinem Pokémon einen Spitznamen geben – und damit die Entwicklung deines Evoli steuern. Möchtest du ein Aquana bekommen, musst du deinem Evoli den Spitznamen Rainer geben. Der Spitzname für ein Blitza ist Sparky, für ein Flamara musst du es Pyro nennen. Aber Achtung: Dieser Trick funktioniert nur ein einziges Mal! Nach der ersten Anwendung wird der Namenstrick

nicht mehr funktionieren, und die Evolutionen sind wieder komplett zufällig. Du solltest dir also gut überlegen, ob du diesen Trick jetzt gleich ausprobieren möchtest oder ob du lieber wartest, bis du auf einem höheren Trainer-Level ein richtig starkes Evoli fängst, das du dann zu deiner Lieblingsevolution entwickeln kannst.

DIE UNGLEICHEN BRÜDER

Der Trick, mit dem du die Entwicklung von Evoli steuern kannst, ist eine Anspielung auf die Anime-Serie. In einer Folge treffen Ash und seine Freunde auf drei Brüder, die jeder eine andere Evolution von Evoli besitzen: Rainer besitzt ein Aquana, Sparky ein Blitza und Pyro ein Flamara. Die Entwicklung von Evoli wurde mit einem Wasserstein, einem Donnerstein oder einem Feuerstein ausgelöst, die von den Trainern eingesetzt wurden.

FACT 031

Starke Pokémon mit Leichtigkeit fangen

Nicht alle Pokémon fängst du mit einem lustlos dahingeworfenen Pokéball. Mit deinem Trainerlevel steigt auch die Stärke der Pokémon, denen du begegnest. Stärkere Pokémon brechen mit einer höheren Wahrscheinlichkeit aus dem Pokéball aus und fliehen manchmal sogar. Es gibt einige Tricks, die deine Chancen erhöhen, auch starke Pokémon schnell zu fangen. Die Himmihbeere kennst du ja bereits, also kannst du dir wahrscheinlich denken, was jetzt kommt: Je besser du den Pokéball wirfst, desto besser sind deine Chancen, das Pokémon zu fangen. Wie gut oder schlecht dein Wurf bewertet wird, ist abhängig von dem bunten Kreis. Er ist ganz zu Beginn genauso groß wie der weiße Kreis und wird immer kleiner, je länger du den Pokéball festhältst. Trifft der Pokéball das Pokémon, wenn der Kreis ganz groß ist, wird dein Wurf als guter Wurf gewertet. Hat der Kreis nur noch etwa ²/₃ seiner ursprünglichen Größe, zählt dein Wurf als toller Wurf. Das erhöht den Bonus schon mal ein ganzes Stück. Wenn der Kreis nur noch ganz klein ist, bekommst du einen noch größeren Bonus.

Dabei ist immer wichtig, dass du nicht zu stark wirfst. Um die Boni zu bekommen,

10:36
Einfach fabelhaft!

muss dein Pokéball das Pokémon von vorne treffen. Wirfst du etwas zu fest, landet der Pokéball von oben auf dem Pokémon – dafür gibt es keinerlei Boni.
Besonders geübte Trainer können auch den Curveball einsetzen. Dafür musst du den Pokéball festhalten und auf der Stelle drehen, bevor du ihn auf das Pokémon wirfst. Da du den Ball andrehst, fliegt er nicht mehr gerade durch die Luft, sondern in einer Kurve – wie eine Bananenflanke beim Fußball. Deswegen musst du einen Curveball von einer Seite auf das Pokémon werfen. Wenn du im Uhrzeigersinn drehst, musst du von der linken Seite werfen. Drehst du den Ball gegen den Uhrzeigersinn, musst du von der rechten Seite aus werfen. Curveballs bringen dir einen leichten Bonus und sind mit den anderen Würfen kombinierbar – du kannst also versuchen, einen tollen Curveball zu werfen.

Das wird nicht beim ersten Mal klappen, aber davon solltest du dich nicht aus der Ruhe bringen lassen. Schließlich wurde noch niemand als der beste Pokémon-Trainer der Welt geboren!

ÜBUNG MACHT DEN TRAINER-MEISTER

Du bist total genervt, dass dir ständig Taubsi und Rattfratz begegnen? Du willst endlich mal ein Dragoran oder ein Relaxo in freier Wildbahn fangen? Keine Sorge, da kommt ein kleines 10-WP-Taubsi doch wie gerufen! Sie sind die perfekten Versuchsobjekte, um deine Wurftechnik zu üben. Taubsis stehen sehr nahe an dir dran und bewegen sich meist nicht so viel wie andere Pokémon. Da gelingt dir der Curveball ganz sicher, und du kannst nebenbei noch EP abstauben! Und wenn der Tag kommt, an dem dir das heißersehnte Relaxo begegnet, bist du top vorbereitet und erhöhst deine Fangrate mit besseren Würfen.

FACT 032

Ein voller Pokédex

In Pokémon Go gibt es insgesamt 151 Pokémon. Wenn dein Ziel ein voller Pokédex ist, solltest du dir diese Zahl aber erst einmal nicht merken. Bisher ist es nicht möglich, alle 151 Pokémon zu fangen: Sechs Pokémon sind nämlich noch gar nicht im Spiel erschienen. Diese sechs bestehen aus den drei legendären Vögeln Arktos, Zapdos und Lavados, aus den legendären Mewtu und Mew – und aus Ditto. Ditto ist ein normales Pokémon, das im Kampf die Form seines Gegners annehmen kann. Keines dieser sechs Pokémon wurde bisher von Trainern gesichtet. Es gibt verschiedene Theorien, welches dieser Pokémon wann und wo auftauchen wird, aber keine dieser Theorien wurde bisher bestätigt.

Bleiben 145 Pokémon übrig. Doch auch die wirst du vermutlich nicht alle fangen können. Manche Pokémon gibt es nämlich nur in jeweils einer Region der Erde. Insgesamt gibt es vier Pokémon, die exklusiv in einer Region auftauchen. Pantimos taucht zwar nur in Europa auf, dort aber überall. Tauros existiert nur in Nordamerika, Porenta nur in Asien. Kangama gibt es exklusiv in Australien und Neuseeland.

Ein vollständiger, regionaler Pokédex besteht also aus 142 Pokémon – zumindest, bis die legendären Pokémon auftauchen.

FACT 033

Zeit für ein Duell

Arenen sind bisher der einzige Ort in Pokémon Go, an dem du deine Pokémon auch in Action erleben kannst. Hier kannst du deine Pokémon gegen andere antreten lassen, Erfahrung sammeln und das Ansehen deines Teams erhöhen. Dafür kannst du Erfahrungspunkte und sogar Sternenstaub und Pokécoins erhalten.
Wem eine Arena gehört, kannst du schon aus der Ferne erkennen. Die Arena nimmt die Farbe des Teams an, das die Arena er-

22:24
41%
Sculpture
Arenalevel 2
2000 / 4000
20
FLAMARA
WP 1527

obert hat. Auf der oberen Plattform siehst du im Wechsel das Symbol des Teams und das stärkste Pokémon der Arena. Dass gerade ein Kampf stattfindet, erkennst du an den Blitzen und dem Rauch um das Pokémon.

Um in einer Arena antreten zu können, musst du in ihrer unmittelbaren Umgebung sein – wie sollst du auch sonst deine Pokémon in den Kampf schicken können? Mit einem Tippen auf die Arena kannst du Genaueres über sie herausfinden. Oben wird dir der Name der Arena angezeigt und welches Level sie hat. Ähnlich wie Trainer und ihre Pokémon können auch Arenen im Level aufsteigen. Je höher das Arenalevel, desto mehr Pokémon können zu ihrer Verteidigung platziert werden. Die Pokémon in der Arena kannst du dir darunter anschauen. Durch Wischen über den Bildschirm gelangst du zum nächststär-

keren Pokémon – bis zum König der Arena, dem stärksten Verteidiger.
Bist du bereit, es mit diesen Pokémon aufzunehmen? Tippe auf den Boxhandschuh unten rechts, und du kannst zum Kampf antreten. Pokémon Go schlägt dir automatisch deine stärksten Pokémon vor. Mit einem Tippen auf ein Pokémon kannst du es gegen ein anderes aus deiner Sammlung austauschen, mit dem du lieber kämpfen möchtest. Tippe unten rechts auf GO und der Kampf geht los. Beachte dabei, dass du nahtlos hintereinander gegen alle Pokémon der Arena antrittst!

NUR AUSGELIEHEN!

Die Pokémon, die du in einer Arena platzierst, kannst du nicht mehr im Kampf einsetzen! In deinem Pokémon-Inventar werden die Pokémon, die sich gerade in einer Arena befinden, mit dem Arena-Symbol versehen. Falls du dich gerade auf einer Eroberungstour befindest, solltest du dir gut überlegen, welche Pokémon du in den Arenen platzierst und mit welchen du weiterkämpfen möchtest! Wenn dein platziertes Pokémon von einem anderen Trainer besiegt wird, kehrt es in dein Inventar zurück.

FACT 034

Schnelligkeit und Kraft ...

Deine Pokémon können zwei Attacken, die du im Kampf unterschiedlich einsetzen kannst. Die erste Attacke ist die Schnellattacke. In der Detailansicht deiner Pokémon wird sie immer zuerst genannt. Dein Pokémon kann die erste Attacke sehr oft und schnell hintereinander einsetzen. In einem Kampf nutzt du sie, indem du auf das gegnerische Pokémon tippst. Jetzt heißt es: Tippen, was das Zeug hält! (Lass aber bitte dein Smartphone nicht fallen.) Dein Pokémon führt die Attacke nun durch.

Durch jede Attacke verliert das gegnerische Pokémon KP. Das siehst du oben rechts. Die KP deines Pokémon werden in der Leiste oben links angezeigt – wenn du den Kampf

●●●●● Telekom.de 3G
15:19
60 %
Lapras
68
Aquana
WP1183
1995
Nicht sehr
effektiv ...

gewinnen willst, muss die Leiste des Gegners schneller leer sein als deine. Unter deiner KP-Leiste siehst du noch eine zweite Leiste, die sich mit jeder Schnellattacke langsam füllt. Sobald sie voll ist, beginnt sie blau zu leuchten. Dein Pokémon kann jetzt seine zweite Attacke, die Spezialattacke, einsetzen. Sie ist deutlich stärker als die Schnellattacke und zieht dem anderen Pokémon viel mehr KP ab. Deswegen kannst du sie auch nicht ständig einsetzen. Außerdem sind die Spezialattacken deutlich kraftvoller, weswegen dein Pokémon länger braucht, um sie durchzuführen. Die Spezialattacke kannst du einsetzen, indem du den Finger länger auf das gegnerische Pokémon gedrückt hältst. An der KP-Leiste siehst du, dass deine Spezialattacke deutlich mehr Schaden zugefügt hat als deine Schnellattacken.

FACT 035

... und Geschicklichkeit

Wie du merkst, fügt dir das gegnerische Pokémon auch Schaden zu. Es wird dabei nicht von einem anderen Spieler gesteuert, sondern vom Computer. Das gegnerische Pokémon setzt ebenfalls Schnell- und Spezialattacken ein – höchstwahrscheinlich andere als du. Den Attacken des Gegners kannst du ausweichen. Mit Wischbewegungen nach links oder rechts weicht dein Pokémon in je eine Richtung aus. Mit dem richtigen Timing kannst du so verhindern, dass dein Pokémon ernsthaften Schaden nimmt. Das erfordert viel Übung und Geschick, aber es kann sich lohnen: Trainer, die sehr gut im Ausweichen sind, können gegen deutlich stärkere Pokémon trotzdem gewinnen.

POKÉMON STERBEN NICHT

Na gut, so genau kann das niemand sagen. Vielleicht sterben Pokémon, wenn sie alt sind oder eine schlimme Krankheit bekommen. In Kämpfen aber, so viel ist sicher, sterben Pokémon nicht. Kurz bevor ein Pokémon stirbt, wird es nämlich bewusstlos und scheidet aus dem Kampf aus. Es wird dir mit 0 KP angezeigt, und das Item, mit dem du es wieder zu Bewusstsein bringst, heißt Beleber – aber es war nie tot, sondern nur bewusstlos. Eigentlich hat es also noch 0,000000001 KP. Und ein Beleber ist eigentlich kein Beleber, sondern ein Aufwecker. Aber das klingt natürlich überhaupt nicht gut, deswegen heißt es Beleber.

FACT 036

Was ist das Stärkste?

Die Vorauswahl deiner Pokémon für einen Kampf übernimmt das Spiel für dich. Die Pokémon werden dabei nach ihren Wettkampfpunkten (WP) ausgewählt. Dies ist eine gute Richtlinie, um die Stärke deines Pokémon einzuschätzen. Je mehr WP, desto höher das Pokémon-Level und desto stärker dein Pokémon. Zwei gleiche Pokémon auf dem gleichen Level müssen aber nicht zwingend über die gleichen Kraftpunkte (KP) verfügen. Du solltest also immer auch die KP deiner Pokémon anschauen, bevor du in einen Kampf gehst. Mit mehr KP verträgt dein Pokémon mehr Schaden und hat mehr Zeit, das andere Pokémon zu besiegen.

FACT 037

Kämpfen – eine Typfrage

Wie du bereits weißt, gehören die Pokémon unterschiedlichen Typen an – der Typ bestimmt darüber, wo ein Pokémon am häufigsten spawnt. Die Attacken der Pokémon sind den gleichen Typen zugeordnet. Zu welchem Typ eine Attacke gehört, kannst du jeweils unter der Attacke nachlesen. Je nachdem, gegen welchen Typ du antrittst, richten deine Attacken mehr oder weniger Schaden an. In einem Kampf nimmt der Typ eine wichtige Rolle ein, denn er entscheidet über die Effektivität deiner Attacken. Eine effektive Attacke (zum Beispiel Wasser gegen Feuer) macht 1,25-fachen Schaden. Setzt du dagegen eine nichteffektive Attacke ein (zum Beispiel Wasser gegen Pflanze), fügst du dem gegnerischen Pokémon nur 0,8-fachen Schaden zu.

WASSER + WASSER = SUPERWASSER

Sowohl alle Pokémon als auch alle Attacken sind also einem Typ zugeordnet. Die Typen sind mehr oder weniger effektiv, wenn sie gegeneinander eingesetzt werden. Noch effektiver sind sie, wenn sie zusammen eingesetzt werden: Pokémon, die Attacken vom gleichen Typ einsetzen, machen höheren Schaden.

Ein Wasser-Pokémon, das eine Wasser-Attacke einsetzt, erhält auf diese Attacke einen Bonus. Natürlich gilt das für jeden anderen Typ auch. Eine typgleiche Attacke fügt dem gegnerischen Poké-

Telekom.de 3G
15:19
60 %
Lapras
Aquana
72
1995
Nicht sehr effektiv ...
Nicht sehr effektiv ...

mon 1,25-fachen Schaden zu – also ein Viertel mehr als normalerweise!

FACT 038

Frag den Assistenten!

Einen ersten Hinweis, dass alle Pokémon unterschiedlich sind, geben dir Größe und Gewicht. Beide sind von Pokémon zu Pokémon verschieden, beeinflussen aber nicht die Fähigkeiten im Kampf. Am wichtigsten im Kampf sind die richtige Wahl des Typs und die Attacken deines Pokémon. Diese beiden Elemente haben den größten Einfluss auf deine Siegchancen.

Danach kommen die individuellen Fähigkeiten eines Pokémon. Neben der Größe und dem Gewicht unterscheiden sich die Pokémon auch in ihren Fähigkeiten im Kampf, also wie sie sich als Angreifer oder Verteidiger schlagen und wie lange sie in einem Kampf durchhalten. Die WP und KP geben dir einen ersten Hinweis darauf. Eine zusätzliche Einschätzung erhältst du von dem Assistenten, dessen Team du beigetreten bist. Die Einschätzung kannst du dir anschauen, wenn du in der Detailansicht des Pokémon unten rechts auf den Menüknopf und dann auf Bewertung tippst. Dein Team Leader wird dir nun eine Einschätzung zu deinem Pokémon abgeben. Am ersten Kommentar kannst du die kombinierte Kampfkraft ablesen – eine Gesamteinschätzung seiner Fähigkeiten als Angreifer und Verteidiger. Der zweite Kommentar geht auf die beste Fähigkeit ein: Angreifer, Verteidiger oder KP. Hat

WP578
Lapras
KP95 / 95
Wasser / Eis
Typ
198.57 kg
Gewicht
2.23 m
Größe
47314
STERNENSTAUB
16
LAPRAS-BONBON
Von deinem Lapras bin ich insgesamt total beeindruckt. Es kann einfach alles!

dein Pokémon eine auffällige Größe, geht ein abschließender Kommentar darauf ein. Eine Erklärung, wie du welchen Kommentar zu verstehen hast, findest du im hinteren Teil des Buches.
Mit Hilfe dieser Einschätzung kannst du besser bestimmen, welche deiner Pokémon gute Kämpfer sind. Pokémon, die hier gut abschneiden, solltest du bevorzugt entwickeln und mit Power-Ups versehen, denn sie werden sich in Arenen besser schlagen als andere.

FACT 039

Eingenommen – und jetzt?

Trotz all dieser Tipps wirst du am Anfang deine ersten Arenakämpfe womöglich verlieren. Lass dich davon nicht entmutigen – Kämpfen erfordert Übung, und mit jedem Kampf lernst du etwas dazu. Mit genug Übung wirst auch du deine ersten Arenakämpfe gewinnen. Sobald deine Pokémon stark genug sind, kannst du anfangen, Arenen einzunehmen.

Das Level einer Arena ist abhängig vom Prestige der Arena. Je mehr Prestige-Punkte eine Arena hat, desto höher ist ihr Level und desto mehr Pokémon von verschiedenen Trainern können zu ihrer Verteidigung eingesetzt werden. Indem du verteidigende Pokémon besiegst, senkst du das Prestige der Arena. Je nachdem, wie viele Pokémon die Arena verteidigen, kann das etwas länger dauern. Es könnte also passieren, dass du eine Arena erneut angreifen und dessen Pokémon besiegen musst, obwohl du schon beim ersten Mal erfolgreich warst. Das Ziel ist es, die Prestige-Punkte einer Arena auf null zu senken. Eine Arena mit null Prestige-Punkten kann jeder einnehmen. Wer zuerst ein Pokémon in der Arena platziert, nimmt sie ein. Nachdem du das letzte Pokémon besiegt hast, solltest du dich also beeilen.

Eine neu eingenommene Arena ist immer Level 1 – du kannst also ein Pokémon dort platzieren. Jeder andere Trainer muss auch nur dieses eine Pokémon besiegen, um die Arena selbst einnehmen zu können. Allgemein kannst du nur eins deiner Pokémon pro Arena platzieren. Bisher ist deine Arena also noch nicht besonders stark. Sie ist sogar ein ziemlich leichtes Ziel. Zeit, das zu ändern!

56% 23:23
Christus Church, Mainz
Arenalevel 1
0 / 2000

PRESTIGE-PUNKTE

Wenn du eine Arena erfolgreich eingenommen hast, werden dir 2000/4000 Prestige-Punkte oben links unter dem runden Bild der Arena angezeigt. Das heißt, bis zum nächsten Arenalevel sind es noch 2000 Prestige-Punkte. Wenn die erreicht sind, wird ein neuer Platz für ein weiteres Pokémon aus dem jeweiligen Team frei, und die Schwelle zum nächsten Arenalevel steigt auf 4000/8000 Prestige-Punkte. Es wird dir also immer angezeigt, ab welcher Punktzahl das Arenalevel steigt.

FACT 040

Trainieren bis zum Umfallen. Immer wieder.

In allen Arenen deines Teams kannst du trainieren. Das funktioniert fast genauso, wie gegen eine Arena eines gegnerischen Teams anzutreten. Im Gegensatz zu einem Kampf setzt du beim Training nur ein Pokémon ein. Das kannst du im Arenabildschirm auswählen und dann unten links das Training starten.

Der folgende Trainingskampf läuft wie ein normaler Kampf ab: Mit den Attacken deines Pokémon musst du versuchen, das andere Pokémon zu besiegen. Anschließend kämpfst du nahtlos weiter gegen das nächste Pokémon in der Arena – so lange, bis dein Pokémon ohnmächtig wird oder du alle Pokémon in der Arena besiegt hast. Du kannst aber auch jederzeit aus einem Kampf flüchten, etwa um dein Pokémon mit Tränken zu heilen. Die Belohnungen für besiegte Pokémon erhältst du weiterhin, den Fortschritt aus deinem aktuellen Kampf verlierst du aber.

Gewonnene Trainingskämpfe kommen dir und der Arena zugute. Die Arena erhält für einen gewonnenen Kampf Prestige. Hat die Arena genug Prestige-Punkte gewonnen, steigt ihr Level. Dann kann ein Mitglied deines Teams oder du, wenn du noch kein Pokémon in der Arena hast, einen neuen Verteidiger in die Arena setzen. Freie Plätze erkennst du oben links im Arenabildschirm. Sind die kleinen Punkte alle ausgefüllt, ist die Arena bereits voll. Kreise, die nicht ausgefüllt sind, zeigen an, dass zusätzliche Verteidiger in der Arena platziert werden können.

Für einen gewonnenen Trainingskampf er-

20:35
77%
Mainz Synagoge
Arenalevel 3
6000 / 8000
22
TURTOK
WP 1286
AR
WP1126
Gengar
GO

hältst du außerdem Erfahrungspunkte. Wie viele Erfahrungspunkte und Prestige es gibt, hängt von der Stärke der eingesetzten Pokémon ab. Haben die Pokémon gleich viele WP, erhältst du 50 EP und die Arena 500 Prestige. Mit einem stärkeren Angreifer fällt die Belohnung geringer aus – oder kann auf bis zu 1000 Prestige und 100 EP steigen, wenn der Verteidiger deutlich stärker als der Angreifer ist.

FACT 041

Die magische Grenze: 21 Stunden

In Arenakämpfen tritt dein Pokémon immer gegen ein vom Computer gesteuertes Pokémon an. Das gilt auch für Trainer anderer

Teams, die deine Arena angreifen. Die Verteidiger in diesen Kämpfen werden immer vom Computer gesteuert. Auch wenn du direkt daneben stehst, kannst du in diese Kämpfe nicht eingreifen. Eine Arena hochzuleveln und starke Pokémon als Verteidiger darin zu platzieren ist also das Beste, was du tun kannst, um eine Arena zu halten.

Nicht jede Arena wirst du lange halten können. Gerade an beliebten Plätzen wechseln die Arenen sehr oft das Team. Andere Arenen dagegen kannst du länger halten. Mit starken Pokémon und ein bisschen Glück sogar lange genug, damit du neben den Erfahrungspunkten noch weitere Belohnungen einsammeln kannst. Sobald du eine Arena zum ersten Mal besetzt, kannst du deine Belohnung einsammeln: 10 Pokécoins und 500 Sternenstaub. Dafür musst du im Shop oben rechts auf das Schild-Symbol tippen.

Nachdem du deine Belohnungen eingesammelt hast, beginnt an der Stelle des Symbols ein Timer zu zählen. Erst nach 21 Stunden, darfst du dir die nächste Belohnung abholen! Da muss man schon ein richtig guter Arenameister sein, um so lange durchzuhalten!

Der Timer zeigt dir an, wann die nächsten 21 Stunden vorüber sind und du dir wieder deine Belohnungen abholen kannst – so lange, bis du deine Arena verlierst.

MEHR ARENEN, MEHR COINS

Je mehr Arenen du einnimmst, desto mehr Belohnungen bekommst du – und zwar 10 Pokécoins und 500 Sternenstaub pro Arena. Da du diese nur alle 21 Stunden abholen kannst, lohnt

79%
20:30
Shop
20:59:03
40
ITEMS
Der Trainer hat 1 Pokémon zugewiesen.
500
10
RAUCH
8 × RAUCH
25 × RAUCH
80
500
1250

es sich, mehrere Arenen hintereinander einzunehmen und danach erst die Belohnungen zu kassieren. Theoretisch kannst du unendlich viele Arenen gleichzeitig besetzt halten. Jedoch bekommst du nicht unendlich viele Belohnungen dafür. Sollte dir die wirklich schwierige Aufgabe gelingen, insgesamt 10 Arenen gleichzeitig zu besetzen, kannst du dich im Shop über 100 Pokécoins und 5000 Sternenstaub freuen! Für diese zehn Arenen könntest du alle 21 Stunden deine Belohnungen einsammeln, sofern du sie so lange halten kannst – was selbst den besten Pokémon-Trainern nur ganz selten gelingt. Für jede zusätzliche Arena bekommst du aber keine Belohnungen mehr. Statt weitere Arenen einzunehmen, solltest du dich also lieber um andere Dinge kümmern – zum Beispiel um deinen Pokédex!

FACT 042

Ein bunter Ring, sie alle zu fangen

Ist dir schon aufgefallen, dass der bunte Ring um die Pokémon nicht immer die gleiche Farbe hat? Zu Beginn ist er fast immer grün. Diese Farbe hat der Ring, wenn das Pokémon für dein Trainerlevel und mit dem ausgewählten Ball leicht zu fangen ist. Je weiter du im Level aufsteigst, desto stärker werden die Pokémon, denen du begegnest – und stärkere Pokémon sind schwerer zu fangen.

Die Farbe des bunten Rings zeigt dir an, wie hoch deine Chancen sind, dieses Pokémon zu fangen. Bei einem grünen Ring wirst du wahrscheinlich beim ersten Versuch schon erfolgreich sein. Färbt der Ring sich gelb, wirst du schon etwas mehr Würfe benötigen, aber vermutlich keine großen Probleme haben. Schwierig wird es bei einem orangefarbenen Ring. Dieses Pokémon wird ziemlich oft ausbrechen. Fast unmöglich zu fangen ist ein Pokémon mit rotem Ring. Hier sind deine Chancen so gering, dass du dir wirklich gut überlegen solltest, ob du so viele Bälle investieren möchtest. Das kommt natürlich auch auf das Pokémon an. Wenn du ein Glurak vor dir siehst, wirf so viele Bälle, wie du kannst! Es könnte ja sein, dass du gerade eine ordentliche Portion Glück hast und es trotz eines roten Ringes fangen kannst. Man darf ja wohl noch träumen ...

18:10

FACT 043

Bessere Items, bessere Pokémon

Zum Glück hast du die Möglichkeit, deine Fangchancen zu verbessern. Himmihbeeren und gute Würfe sind zwei Möglichkeiten, deine Chancen zu verbessern. Beide verändern aber nicht die Farbe des Ringes. Ein Pokémon mit rotem Ring wird auch nach einer Himmihbeere einen roten Ring haben, und es wird höchstwahrscheinlich auch aus einem fabelhaften Curveball ausbrechen.
Mit dem Erreichen von Level 12 und Level 20 schaltest du jeweils ein neues Item frei. Beide verbessern deine Fangchancen auch optisch. Auf Level 12 schaltest du Superbälle frei. Sie funktionieren genauso wie Pokébälle, sind aber stärker. Mit ihnen kannst du stärkere Pokémon mit einer höheren Wahrschein-

lichkeit fangen. Du wählst sie aus, indem du im Fangbildschirm unten rechts auf Items gehst und dort auf Superbälle tippst. Nun wirfst du so lange Superbälle, bis das Pokémon geflüchtet ist oder du es gefangen hast, du keine Superbälle mehr besitzt oder wieder Pokébälle auswählst. Der bunte Ring verändert seine Farbe, je nachdem, welchen Ball du benutzt: Je besser der Ball, desto einfacher ist das Pokémon zu fangen.

Hyperbälle erhältst du ab Level 20. Sie sind die stärksten Bälle in Pokémon Go. Pokémon, die du mit ihnen nicht fangen kannst, wirst du auf deinem Level gar nicht fangen können. Du verwendest sie genauso wie Superbälle.

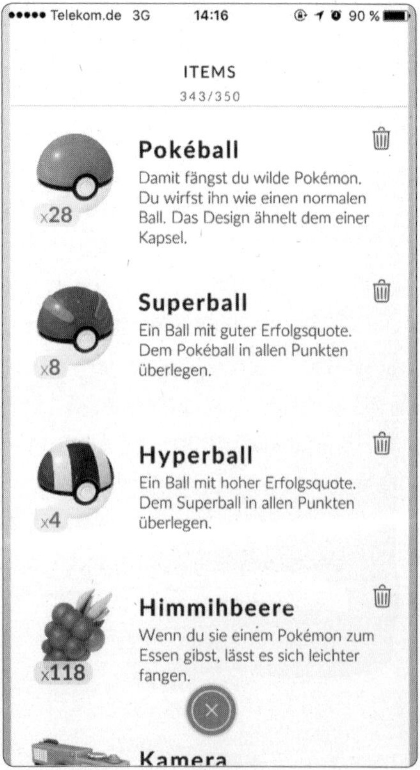
●●●●● Telekom.de 3G 14:16 90 %
ITEMS
343/350
Pokéball
Damit fängst du wilde Pokémon. Du wirfst ihn wie einen normalen Ball. Das Design ähnelt dem einer Kapsel.
x28
Superball
Ein Ball mit guter Erfolgsquote. Dem Pokéball in allen Punkten überlegen.
x8
Hyperball
Ein Ball mit hoher Erfolgsquote. Dem Superball in allen Punkten überlegen.
x4
Himmihbeere
Wenn du sie einem Pokémon zum Essen gibst, lässt es sich leichter fangen.
x118
Kamera

FACT 044

Neue Entwicklung, neue Attacken

Deine Pokémon zu entwickeln kann ein einfacher Weg sein, viele Erfahrungspunkte in kurzer Zeit zu sammeln (vor allem, wenn du eines deiner Glücks-Eier dazu aktivierst). Die Pokémon verändern sich durch eine Entwicklung aber mehr, als du auf den ersten Blick annehmen würdest.

Durch eine Entwicklung erreicht ein Pokémon die nächste Stufe. Neben dem Aussehen und dem Namen verändern sich weitere Merkmale. Durch eine Entwicklung steigen die WP eines Pokémon. Wie viel höher die WP nach der Entwicklung sind, ist von Pokémon zu Pokémon verschieden. Den größten Sprung macht ein Karpador, wenn du es zu einem Garados entwickelst: Die WP werden um das Zehn- bis Elffache erhöht. Aus einem 100-WP-Karpador wird also ein Garados mit etwa 1000 WP! Alle anderen Pokémon machen nicht so einen großen Sprung. Ihre WP erhöhen sich zum Teil fast gar nicht, höchstens aber um das 3,5-Fache.

Außerdem lernen viele Pokémon bei der Entwicklung neue Attacken. Das kann gut für dich sein, wenn du mit den bisherigen Attacken nicht zufrieden warst. Es kann aber auch sein, dass das Pokémon genau die Attacke verlernt, die du unbedingt behalten wolltest. Aus diesem Grund solltest du deine Pokémon immer erst entwickeln, bevor du ein Power-Up einsetzt. So kannst du dir sicher sein, dass sie in ihrer stärksten Form immer noch die besten Attacken können.

KARPADOR-INVASION!

Dir ist sicher schon aufgefallen, dass Karpador ein sehr spezielles Pokémon ist. Es ist nur mit deutlich niedrigeren WP zu finden als alle anderen Pokémon. Seine Attacken verursachen kaum Schaden. Es hat mit großem Abstand den höchsten WP-Multiplikator bei Entwicklungen. Und man braucht unfassbare 400 Bonbons, um ein Karpador entwickeln zu können! Für das Fangen eines Karpador wirst du mit 3 Bonbons belohnt. Ein weiteres bekommst du, wenn du es an den Professor verschickst. Insgesamt kannst du so bis zu 4 Bonbons pro Karpador bekommen. Du musst also 100 Karpador fangen, bis du das 101. entwickeln kannst! Klingt nach ziemlich viel Aufwand – ein gutes

Garados ist diesen Aufwand allerdings wert, denn es ist eines der stärksten Pokémon im Spiel.

FACT 045

Die passende Größe

Auch wenn du es nicht immer erkennst: Kein Regenwurm ist wie der andere, alle Tauben sind unterschiedlich. Im normalen Leben fällt dir das nicht auf, aber auch Bienen sind nicht alle gleich groß. Mit den Pokémon verhält es sich genauso. Kein Taubsi ist wie das andere, kein Raupy gleicht dem anderen.
Zwei der Unterschiede sind Größe und Gewicht. Beide Werte findest du, wenn du dir ein Pokémon genauer anschaust. Unter der

KP-Leiste siehst du neben dem Typ die Daten zu Gewicht und Größe. Manchmal ist daneben eine kleine Blase, in der XS oder XL steht. Dann weißt du, dass dieses Pokémon besonders groß oder besonders klein ist.
Größe und Gewicht haben aber keinen Einfluss auf die Fähigkeiten dieses Pokémon. Es ist nicht schwerer zu fangen oder zu entwickeln, es kann genauso gut kämpfen und bringt dir genauso viele Bonbons ein wie jedes andere Pokémon. Was du mit der Information anfängst, bleibt also ganz dir überlassen.

TEENAGER UND ANGLER

Größe und Gewicht haben keinen Einfluss auf die Fähigkeiten eines Pokémon, können aber deinen Medaillenspiegel beeinflussen. Für große Karpador und kleine Rattfratz gibt es spezielle Medaillen. Sie werden dir verliehen, wenn du eine bestimmte Anzahl an XL-Karpador oder XS-Rattfratz fängst. Ein weiterer Grund, jedes Karpador und jedes Rattfratz zu fangen!

Wow. Du bist einen langen Weg gegangen und hast schon eine steile Karriere als Pokémon-Trainer hinter dir. Du kennst alle Tipps und Tricks, die du brauchst, um der beste Pokémon-Trainer der Welt zu werden. Von nun an liegt es an dir, dein Können unter Beweis zu stellen und noch besser zu werden. Die Listen, die du auf den nächsten Seiten finden wirst, sollen dir dabei helfen. Damit kannst du dir einen Überblick verschaffen über die Trainer-Level, wofür du wie viele Erfahrungspunkte bekommst, welche Pokémon aus welchen Eiern schlüpfen, was für Pokémon-Typen es gibt und wo du sie finden kannst. Anschließend gibt es noch eine Liste, die dir hilft, die Bewertungen deiner Pokémon besser zu verstehen. Schnapp sie dir alle!

Trainer-Level und Belohnungen

Für jedes Trainer-Level, das du aufsteigst, erhältst du Belohnungen in Form von Items. Manche dieser Items erhältst du auch an Pokéstops, andere nur als Belohnung oder im Shop. Je höher dein Level, desto mehr Erfahrungspunkte musst du sammeln, um das nächste Level zu erreichen.

TRAINER-LEVEL 1

Du beginnst das Spiel auf Level 1.

TRAINER-LEVEL 2

- ***EP zum Levelaufstieg:*** 1000
- ***Belohnung:*** 10× Pokéball

TRAINER-LEVEL 3

- ***EP zum Levelaufstieg:*** 2000
- ***Belohnung:*** 15× Pokéball

TRAINER-LEVEL 4

- ***EP zum Levelaufstieg:*** 3000
- ***Belohnung:*** 15× Pokéball

TRAINER-LEVEL 5

- ***EP zum Levelaufstieg:*** 4000
- ***Belohnung:*** 20× Pokéball, 10× Trank, 10× Beleber, 1× Rauch
- ***Freigeschaltete Items:*** Arenakämpfe, Tränke, Beleber

TRAINER-LEVEL 6

- ***EP zum Levelaufstieg:*** 5000
- ***Belohnung:*** 15× Pokéball, 10× Trank, 5× Beleber, 1× Ei-Brutmaschine

TRAINER-LEVEL 7

- ***EP zum Levelaufstieg:*** 6000
- ***Belohnung:*** 15× Pokéball, 10× Trank, 5× Beleber, 1× Rauch

TRAINER-LEVEL 8

- ***EP zum Levelaufstieg:*** 7000
- ***Belohnung:*** 15× Pokéball, 10× Trank, 5× Beleber, 10× Himmihbeeren, 1× Lockmodul
- ***Freigeschaltete Items:*** Himmihbeeren

TRAINER-LEVEL 9

- ***EP zum Levelaufstieg:*** 8000
- ***Belohnung:*** 15× Pokéball, 10× Trank, 5× Beleber, 3× Himmihbeeren, 1× Glücks-Ei

TRAINER-LEVEL 10

- ***EP zum Levelaufstieg:*** 9 000
- ***Belohnung:*** 20× Pokéball, 20× Supertrank, 10× Beleber, 10× Himmihbeeren, 1× Rauch, 1× Glücks-Ei, 1× Ei-Brutmaschine, 1× Lockmodul
- ***Freigeschaltete Items:*** Supertränke

TRAINER-LEVEL 11

- ***EP zum Levelaufstieg:*** 10 000
- ***Belohnung:*** 15× Pokéball, 10× Supertrank, 3× Beleber, 3× Himmihbeeren

TRAINER-LEVEL 12

- ***EP zum Levelaufstieg:*** 10 000
- ***Belohnung:*** 20× Superball, 10× Supertrank, 3× Beleber, 3× Himmihbeeren
- ***Freigeschaltete Items:*** Superbälle

TRAINER-LEVEL 13

- ***EP zum Levelaufstieg:*** 10 000
- ***Belohnung:*** 10× Superball, 10× Supertrank, 3× Beleber, 3× Himmihbeeren

TRAINER-LEVEL 14

- ***EP zum Levelaufstieg:*** 10 000
- ***Belohnung:*** 10× Superball, 10× Supertrank, 3× Beleber, 3× Himmihbeeren

TRAINER-LEVEL 15

- ***EP zum Levelaufstieg:*** 15 000
- ***Belohnung:*** 15× Superball, 20× Hypertrank, 10× Beleber, 10× Himmihbeeren, 1× Rauch, 1× Glücks-Ei, 1× Ei-Brutmaschine, 1× Lockmodul
- ***Freigeschaltete Items:*** Hypertränke

TRAINER-LEVEL 16

- ***EP zum Levelaufstieg:*** 20 000
- ***Belohnung:*** 10× Superball, 10× Hypertrank, 5× Beleber, 5× Himmihbeeren

TRAINER-LEVEL 17

- ***EP zum Levelaufstieg:*** 20 000
- ***Belohnung:*** 10× Superball, 10× Hypertrank, 5× Beleber, 5× Himmihbeeren

TRAINER-LEVEL 18

- ***EP zum Levelaufstieg:*** 20 000
- ***Belohnung:*** 10× Superball, 10× Hypertrank, 5× Beleber, 5× Himmihbeeren

TRAINER-LEVEL 19

- ***EP zum Levelaufstieg:*** 25 000
- ***Belohnung:*** 15× Superball, 10× Hypertrank, 5× Beleber, 5× Himmihbeeren

TRAINER-LEVEL 20

- ***EP zum Levelaufstieg:*** 25 000
- ***Belohnung:*** 20× Hyperball, 20× Hypertrank, 20× Beleber, 20× Himmihbeeren, 2× Rauch, 2× Glücks-Ei, 2× Ei-Brutmaschine, 2× Lockmodul
- ***Freigeschaltete Items:*** Hyperbälle

TRAINER-LEVEL 21

- ***EP zum Levelaufstieg:*** 50 000
- ***Belohnung:*** 10× Hyperball, 10× Hypertrank, 10× Beleber, 10× Himmihbeeren

TRAINER-LEVEL 22

- ***EP zum Levelaufstieg:*** 75 000
- ***Belohnung:*** 10× Hyperball, 10× Hypertrank, 10× Beleber, 10× Himmihbeeren

TRAINER-LEVEL 23

- ***EP zum Levelaufstieg:*** 100 000
- ***Belohnung:*** 10× Hyperball, 10× Hypertrank, 10× Beleber, 10× Himmihbeeren

TRAINER-LEVEL 24

- ***EP zum Levelaufstieg:*** 125 000
- ***Belohnung:*** 15× Hyperball, 10× Hypertrank, 10× Beleber, 10× Himmihbeeren

TRAINER-LEVEL 25

- ***EP zum Levelaufstieg:*** 150 000
- ***Belohnung:*** 25× Hyperball, 20× Top-Trank, 15× Beleber, 15× Himmihbeeren, 1× Rauch, 1× Glücks-Ei, 1× Ei-Brutmaschine, 1× Lockmodul
- ***Freigeschaltete Items:*** Top-Tränke

TRAINER-LEVEL 26

- ***EP zum Levelaufstieg:*** 190 000
- ***Belohnung:*** 10× Hyperball, 15× Top-Trank, 10× Beleber, 15× Himmihbeeren

TRAINER-LEVEL 27

- ***EP zum Levelaufstieg:*** 200 000
- ***Belohnung:*** 10× Hyperball, 15× Top-Trank, 10× Beleber, 15× Himmihbeeren

TRAINER-LEVEL 28

- ***EP zum Levelaufstieg:*** 250 000
- ***Belohnung:*** 10× Hyperball, 15× Top-Trank, 10× Beleber, 15× Himmihbeeren

TRAINER-LEVEL 29

- ***EP zum Levelaufstieg:*** 300 000
- ***Belohnung:*** 10× Hyperball, 15× Top-Trank, 10× Beleber, 15× Himmihbeeren

TRAINER-LEVEL 30

- ***EP zum Levelaufstieg:*** 350 000
- ***Belohnung:*** 30× Hyperball, 20× Top-Trank, 20× Top-Beleber, 20× Himmihbeeren, 3× Rauch, 3× Glücks-Ei, 3× Ei-Brut-maschine, 3× Lockmodul
- ***Freigeschaltete Items:*** Top-Beleber

TRAINER-LEVEL 31

- ***EP zum Levelaufstieg:*** 500 000
- ***Belohnung:*** 10× Hyperball, 15× Top-Trank, 10× Top-Beleber, 15× Himmihbeeren

TRAINER-LEVEL 32

- ***EP zum Levelaufstieg:*** 500 000
- ***Belohnung:*** 10× Hyperball, 15× Top-Trank, 10× Top-Beleber, 15× Himmihbeeren

TRAINER-LEVEL 33

- ***EP zum Levelaufstieg:*** 750 000
- ***Belohnung:*** 10× Hyperball, 15× Top-Trank, 10× Top-Beleber, 15× Himmihbeeren

TRAINER-LEVEL 34

- ***EP zum Levelaufstieg:*** 1 000 000
- ***Belohnung:*** 10× Hyperball, 15× Top-Trank, 10× Top-Beleber, 15× Himmihbeeren

TRAINER-LEVEL 35

- ***EP zum Levelaufstieg:*** 1 250 000
- ***Belohnung:*** 30× Hyperball, 20× Top-Trank, 20× Top-Beleber, 20× Himmihbeeren, 2× Rauch, 1× Glücks-Ei, 1× Lockmodul

TRAINER-LEVEL 36

- ***EP zum Levelaufstieg:*** 1 500 000
- ***Belohnung:*** 20x Hyperball, 20x Top-Trank, 10x Top-Beleber, 20x Himmihbeeren

TRAINER-LEVEL 37

- ***EP zum Levelaufstieg:*** 2 000 000
- ***Belohnung:*** 20x Hyperball, 20x Top-Trank, 10x Top-Beleber, 20x Himmihbeeren

TRAINER-LEVEL 38

- ***EP zum Levelaufstieg:*** 2 500 000
- ***Belohnung:*** 20x Hyperball, 20x Top-Trank, 10x Top-Beleber, 20x Himmihbeeren

TRAINER-LEVEL 39

- ***EP zum Levelaufstieg:*** 3 000 000
- ***Belohnung:*** 20× Hyperball, 20× Top-Trank, 10× Top-Beleber, 20× Himmihbeeren

TRAINER-LEVEL 40

- ***EP zum Levelaufstieg:*** 5 000 000
- ***Belohnung:*** 40× Hyperball, 40× Top-Trank, 40× Top-Beleber, 40× Himmihbeeren, 4× Rauch, 4× Glücks-Ei, 4× Ei-Brutmaschine, 4× Lockmodul

Erfahrungspunkte

Erfahrungspunkte benötigst du, um ein höheres Trainer-Level zu erreichen. Je höher dein Trainer-Level, desto stärkeren Pokémon begegnest du. Erfahrungspunkte kannst du auf vielen verschiedenen Wegen sammeln.

EIER

- 2-km-Ei ausbrüten **200**
- 5-km-Ei ausbrüten **500**
- 10-km-Ei ausbrüten **1000**

POKÉSTOPS

- Pokéstop besuchen **50**
- Mega-Pokéstop besuchen **100**

POKÉMON FANGEN

- Pokémon mit Curveball fangen **10**
- Pokémon mit gutem Wurf fangen **10**
- Pokémon bricht aus und flieht **25**
- Pokémon mit tollem Wurf fangen **50**
- Pokémon mit exzellentem Wurf fangen **100**
- Pokémon fangen **100**
- 100. Pokémon einer Art fangen **100**
- Neuer Eintrag im Pokédex **500**
- Pokémon entwickeln **500**

ARENAKÄMPFE

- Trainingskampf gewinnen **Bis zu 100**
- Je besiegtes gegenerisches Pokémon **100**
- Alle Pokémon in einer Arena besiegen **50**

Eier

In Pokémon Go gibt es drei verschiedene Eier, die du in Inkubatoren ausbrüten kannst. Aus den drei Eiern können jeweils unterschiedliche Pokémon schlüpfen. Je nach Ei erhältst du auch unterschiedlich viele Bonbons:

2 KM

- Durchschnittlich 8 Bonbons
- Bisasam, Glumanda, Schiggy, Pikachu, Raupy, Hornliu, Taubsi, Kleinstein, Rattfratz, Habitak, Pummeluff, Piepi, Zubat, Karpador

5 KM

- Durchschnittlich 15 Bonbons
- Rettan, Sandan, Nidoran ♀, Nidoran ♂, Vulpix, Myrapla, Fukano, Quapsel, Knofensa, Tentacha, Magnetilo, Porenta (nur in Asien), Sleima, Muschas, Krabby, Voltobal, Schlurp, Smogon, Kangama (nur in Australien und Neuseeland), Seeper, Tauros (nur in Nordamerika), Paras, Bluzuk, Digda, Mauzi, Enton, Menki, Abra, Machollo, Ponita, Flegmon, Dodu, Jurob, Nebulak, Traumato, Owei, Tragosso, Rihorn, Tangela, Goldini, Starmie, Porygon

10 KM

- Durchschnittlich 23 Bonbons
- Onix, Kicklee, Nockchan, Chaneira, Pantimos (nur in Europa), Sichlor, Amonitas, Kabuto, Dratini, Rossana, Elektek, Magmar, Pinsir, Lapras, Evoli, Aerodactyl, Relaxo

Pokémon-Typen

Die Pokémon in Pokémon Go gehören 17 verschiedenen Typen an. Manche Pokémon haben auch zwei Typen. Der Typ eines Pokémon entscheidet darüber, wo es am häufigsten auftaucht und wie effektiv es im Kampf gegen andere Pokémon ist. Das heißt aber nicht, dass die Pokémon ausschließlich an diesen Fundorten auftauchen – du kannst sie auch an allen anderen Orten finden.

Egal nach welchem Pokémon du suchst: Deine eigene Sicherheit und Gesundheit und die deiner Mitmenschen geht immer vor. Kein Pokémon ist wichtiger als die Tatsache, dass es dir gutgeht. Gerade in der Nähe von Krankenhäusern, Friedhöfen, Kirchen, Bahnhöfen und Kraftwerken solltest du besonders vorsichtig sein. Es reicht immer, in der Nähe dieser Orte zu sein, um die Pokémon eines Typs zu fangen, du musst und solltest nicht hineingehen.

NORMAL

- ***Fundorte:*** Städte, Straßen, Felder – normale Pokémon gibt es überall.
- ***Pokémon:*** Taubsi, Tauboga, Tauboss, Rattfratz, Rattikarl, Habitak, Ibitak, Piepi, Pixi, Pummeluff, Knuddeluff, Mauzi, Snobilikat, Porenta (nur in Asien), Dodu, Dodri, Chaneira, Kangama (nur in Australien), Tauros (nur in Nordamerika), Ditto (ist noch nicht im Spiel aufgetaucht), Evoli, Porygon, Relaxo

GESTEIN

- ***Fundorte:*** Steinbrüche, Städte, Parkplätze und -häuser, Gewerbegebiete, neben Autobahnen – Gestein-Pokémon bevorzugen alles, was einen festen Untergrund hat.
- ***Pokémon:*** Kleinstein, Georok, Geowaz, Onix, Rihorn, Rizeros, Amonitas, Amoroso, Kabuto, Kabutops, Aerodactyl

STAHL

- ***Fundorte:*** Bahnhöfe und Gleisanlagen, Bürogebäude – Hauptsache, viel Stahl!
- ***Pokémon:*** Magnetilo, Magneton

PFLANZE

- ***Fundorte:*** Große Parks, Ackerflächen und Felder, Bauernhöfe ländliche Vororte – Pflanzen-Pokémon fühlen sich auf dem Land und in der Natur am wohlsten.
- ***Pokémon:*** Bisasam, Bisaknosp, Bisaflor, Myrapla, Duflor, Giflor, Paras, Parasek, Knofensa, Ultrigaria, Sarzenia, Owei, Kokowei, Tangela

BODEN

- ***Fundorte:*** Ackerflächen und Felder, Gräben, nichtbetonierte Parkplätze, um Gleisanlagen und Flughäfen – solange der Erdboden braun und tiefgelegen ist, fühlen sich Boden-Pokémon heimisch.

- ***Pokémon:*** Sandan, Sandamer, Nidoqueen, Nidoking, Digda, Digdri, Kleinstein, Georok, Geowaz, Onix, Tragosso, Knogga, Rihorn, Rizeros

DRACHE

- ***Fundorte:*** Wahrzeichen, berühmte Orte, Schlösser – Drachen sind schließlich ganz besondere Monster!
- ***Pokémon:*** Dratini, Dragonir, Dragoran

FEE

- ***Fundorte:*** Denkmäler, Wahrzeichen, Friedhöfe, Kirchen – Orte, mit einer besonderen Ausstrahlung.

- ***Pokémon:*** Piepi, Pixi, Pummeluff, Knuddeluff, Pantimos (nur in Europa)

WASSER

- ***Fundorte:*** Meere, Flüsse, Kanäle, Seen, Häfen – überall, wo die Karte blau wird.
- ***Pokémon:*** Schiggy, Schillok, Turtok, Enton, Entoron, Quapsel, Quaputzi, Quappo, Tentacha, Tentoxa, Flegmon, Lahmus, Jurob, Jugong, Muschas, Austos, Krabby, Kingler, Seeper, Seemon, Goldini, Golking, Sterndu, Starmie, Karpador, Garados, Lapras, Aquana, Amonitas, Amoroso, Kabuto, Kabutops

GEIST

- ***Fundorte:*** Friedhöfe, Wohngegenden, Kirchen – Gegenden, in denen Geister und Seelen ungestört spuken können.
- ***Pokémon:*** Nebulak, Alpollo, Gengar

FLUG

- ***Fundorte:*** Ackerflächen und Felder, große Parks und Spielplätze, Wälder – in unbebauten Gegenden ist am meisten Platz zum Fliegen.
- ***Pokémon:*** Glurak, Smettbo, Taubsi, Tauboga, Tauboss, Habitak, Ibitak, Zubat, Golbat, Porenta (nur in Asien), Dodu, Dodri, Sichlor, Garados, Aerodactyl, Arktos, Zapdos, Lavados

(Arktos, Zapdos und Lavados sind noch nicht im Spiel aufgetaucht), Dragoran

KÄFER

- ***Fundorte:*** Ackerflächen und Felder, Grünflächen, Wälder – Käfer brauchen Gras und Erde.
- ***Pokémon:*** Raupy, Safcon, Smettbo, Hornliu, Kokuna, Bibor, Paras, Parasek, Bluzuk, Omot, Sichlor, Pinsir

EIS

- ***Fundorte:*** Gletscher, Skigebiete, kleine Seen und Teiche, Grasflächen – alles, was zugefroren war, ist oder sein wird.

- ***Pokémon:*** Jugong, Austos, Rossana, Lapras, Arktos (noch nicht im Spiel aufgetaucht)

PSYCHO

- ***Fundorte:*** Krankenhäuser, Kliniken, große Arztpraxen – wo immer es um Krankheit und Heilung geht, sind Psycho-Pokémon nicht weit entfernt.
- ***Pokémon:*** Abra, Kadabra, Simsala, Flegmon, Lahmus, Traumato, Hypno, Owei, Kokowei, Starmie, Pantimos (nur in Europa), Rossana, Mewtu, Mew (Mewtu und Mew sind beide noch nicht im Spiel aufgetaucht, auch nicht in Krankenhäusern)

ELEKTRO

- ***Fundorte:*** Kraft- und Umspannwerke, Gewerbegebiete – Elektro-Pokémon suchen nach möglichst viel Elektrizität auf einer Stelle.
- ***Pokémon:*** Pikachu, Raichu, Magnetilo, Magneton, Voltobal, Lektrobal, Elektek, Blitza, Zapdos (noch nicht im Spiel aufgetaucht)

FEUER

- ***Fundorte:*** Feuerwachen, Wohngebiete – du musst kein Feuer legen, um Feuer-Pokémon anzulocken.
- ***Pokémon:*** Glumanda, Glutexo, Glurak, Vulpix, Vulnona, Fukano, Arkani, Ponita, Gallopa, Magmar, Flamara, Lavados (noch nicht im Spiel aufgetaucht)

KAMPF

- ***Fundorte:*** Arenen, Stadien, Sportplätze und -hallen, große Fitness-Studios – wo Sport gemacht und gegen andere oder den eigenen Körper gekämpft wird, mischen Kampf-Pokémon mit.
- ***Pokémon:*** Menki, Rasaff, Quappo, Machollo, Maschock, Machomei, Kicklee, Nockchan

GIFT

- ***Fundorte:*** Moore, Sümpfe, Wälder – überall, wo es häufig nass und feucht ist.
- ***Pokémon:*** Bisasam, Bisaknosp, Bisaflor, Hornliu, Kokuna, Bibor, Rettan, Arbok, Nidoran ♀, Nidorina, Nidoqueen,

Nidoran ♂, Nidorino, Nidoking, Zubat, Golbat, Myrapla, Duflor, Giflor, Bluzuk, Omot, Knofensa, Ultrigaria, Sarzenia, Tentacha, Tentoxa, Sleima, Sleimok, Nebulak, Alpollo, Gengar, Smogon, Smogmog

Das Bewertungs-System

Die Assistenten können deine Pokémon bewerten. Ihre Einschätzung gibt dir einen Hinweis auf die individuelle Kampfkraft deines Pokémon. Die Kampfkraft berechnet sich aus drei Elementen: Angriff, Verteidigung und KP. Der erste Kommentar geht auf die kombinierte Kampfkraft aus allen drei Werten ein. Der zweite Kommentar betrifft nur den höchsten der drei Werte.

TEAM INSTINKT

Kombinierte Kampfkraft

- ***Note 1–2***

  Kommentar: Dein (Pokémon) kann es im Kampf mit allen aufnehmen!

- ***Note 3***

  Kommentar: Dein (Pokémon) ist insgesamt wirklich stark!
- ***Note 4***

  Kommentar: Dein (Pokémon) ist insgesamt ganz gut.
- ***Note durchgefallen***

  Kommentar: Dein (Pokémon) kann sich im Kampf noch verbessern!

Höchster Einzelwert

- ***Note 1–2***

  Kommentar: Seine Werte sind die besten, die ich je gesehen habe!
- ***Note 3***

  Kommentar: Seine Werte sind wirklich hoch! Hut ab!
- ***Note 4***

  Kommentar: Seine Werte können sich sehen lassen!

- ***Note durchgefallen***

  Kommentar: Seine Werte sind okay.

TEAM WAGEMUT

Kombinierte Kampfkraft

- ***Note 1–2***

  Kommentar: Von deinem (Pokémon) bin ich insgesamt total beeindruckt. Es kann einfach alles!
- ***Note 3***

  Kommentar: Dein (Pokémon) ist insgesamt sehr stark. Du kannst stolz sein!
- ***Note 4***

  Kommentar: Dein (Pokémon) ist insgesamt ganz gut!

- ***Note durchgefallen***

  Kommentar: Dein (Pokémon) ist zwar insgesamt im Kampf nicht allzu beeindruckend, aber ich mag es trotzdem!

Höchster Einzelwert

- ***Note 1–2***

  Kommentar: Seine Werte hauen mich um. WOW!
- ***Note 3***

  Kommentar: Er hat hervorragende Werte! Wie aufregend!
- ***Note 4***

  Kommentar: Seine Werte sind nicht von schlechten Eltern!
- ***Note durchgefallen***

  Kommentar: Seine Werte werden dir im Kampf nicht viel bringen.

Kombinierte Kampfkraft

- ***Note 1–2***

  Kommentar: Dein (Pokémon) ist insgesamt einfach erstaunlich. Wirklich ein atemberaubendes Exemplar!

- ***Note 3***

  Kommentar: Dein (Pokémon) ist mir insgesamt wirklich aufgefallen.

- ***Note 4***

  Kommentar: Dein (Pokémon) ist insgesamt ein gutes Pokémon.

- ***Note durchgefallen***

  Kommentar: Dein (Pokémon) wird im Kampf wahrscheinlich keine großen Fortschritte machen.

Höchster Einzelwert

- ***Note 1–2***

  Kommentar: Seine Werte sind so hoch, dass ich sie gar nicht berechnen kann! Unglaublich!
- ***Note 3***

  Kommentar: Ich muss sagen, dass ich von seinen Werten sehr beeindruckt bin.
- ***Note 4***

  Kommentar: Seine Werte sind recht beeindruckend.
- ***Note durchgefallen***

  Kommentar: Seine Werte sind insgesamt ganz okay.

INHALTSVERZEICHNIS

Basiswissen über Pokémon Go

Alles über Pokémon

Pokémon fangen

Items

Auf in den Kampf

Herobrine kennt kein Erbarmen!

Herobrine, die gefährlichste Kreatur im ganzen Minecraft-Universum, kommt seinem Ziel, die Minecraft-Welt zu vernichten, immer näher. Und er hat Verstärkung bekommen: Einen Drachen, der ebenso gefährlich ist, wie der sagenumwobene Herobrine selbst. Gemeinsam wollen sie nicht nur die digitale, sondern auch die wirkliche Welt zerstören! Nur ein paar junge Minecraft-Fans, Bia, Vincent, Mallu und Arthur, stellen sich der Gefahr – wird es ihnen gelingen, Herobrine und den Drachen aufzuhalten?

Das zweite Abenteuer über den legendären Herobrine!

Kein offizielles Minecraft-Produkt.
Nicht von Mojang genehmigt oder mit Mojang verbunden.

Jim Anotsu
Herobrines Rache
Ein Abenteuer für Minecrafter
Aus dem Portugiesischen
von Michael Kegler
Band 0334

Das gesamte Programm gibt es unter
www.fischerverlage.de

fi 8-0334 / 1